文芸社セレクション

夕映え／誤差

野原 礼

JN126936

文芸社

目次

夕映え

やっと戻ってきた。

真新しい勝手口のドアノブに手をやりながら口癖になってしまった言葉が不意に口をついた。ここ数年は起き抜けの一時間あまりの散歩を日課にしている。明けはじめた東の空にはサーモンピンクの朝焼けがひろがって、汗がじっとり首筋にまとわりつく無風状態。空梅雨の予報通り、今日もどんより曇った蒸し暑い一日になりそうだった。道すがら、色を深めたアジサイは雨を待って、うつむきかげんに頭をもたげている。

施工業者から新居のカギを受け取ったのは一ヵ月近くも前のこと。これまでの住まいから三日がかりで荷物を運び終えて、昨夜はじめて床を敷いた。普請のさなかに急逝した夫の追悼に心身ともに時間を費やしたが、ようやく、子どもの時代を彼と共に過ごした、思い出深い土地に生活の基盤を移し終えたのだった。

夫の勇は昨秋、いつもと変わらない朝食のあとで、ダイニングのソファーに腰かけたまま意識を失ってしまって、運び込んだ救急病院で即死状態であったことを告げられた。

これまでに掛かり付け医から、心臓や血管、消化器系統などに深刻な不具合を指摘されたことはなかったし、食事や運動や嗜好品、精神衛生といった生活習慣全般にも留意を惜しまなかった人だけに、寿命とは生まれ落ちた刹那に刻印された抗いようのない宿命に違いないと思い知ったのである。死亡経緯の不自然さから警察が介入して明らかになった死因の慢性心不全には、今もって納得できないでいる。

彼は持久力が不可欠な遠泳を趣味とした。十代の半ばから二十代前半にかけては、国内の諸々の大会で常に上位に名前を連ねる長距離スイマーだったという。四十の齢に離婚組の私と所帯を持ってからも五十過ぎまでは、毎年欠かさず四〜五人の仲間と、和歌山の加太周辺の島々や瀬戸内海の小島群、遠くは長崎県の無人島や五島列島にまで足をのばして、島と島を泳いで回った。たいていは一週間ほどを海で過ごして日に焼けた満面の笑みで帰宅したものだ。六十歳を幾つか超えていたとはいえ、体力気力ともに充実していたと思っている。あの朝、五〜六分前まで新聞に目を遣っていた夫が、何の兆候もなしに、声の一つも上げずに呼吸を停止してしまったなんて、未だ長い夢を見ているような、キツネに抓まれているような気さえする。八ヵ月余りの時間の経過によって、心身を丸飲みされてしまいそうな切羽詰まった悲しみに苛まれることはなくなったものの、近頃、彼の死を失念することが間々あって、至極当たり前に二人分の夕食を整えていたりするのだった。

「八十過ぎくらいまではコーヒー屋でもやりながら、ぼちぼち暮らしていこうや。どっちかが足腰立たんようになったら、店をたたんだらええ。あそこなら知った顔もちらほらあるやろうから、たいした儲けは出んでも赤字がかさむことはないとおもうで。お客に愛想づかしされん程度に定休日も増やそうな。十分な休養もとれるし、あっちこっち遊びにも行ける。この齢になってまであくせく働くのはつまらんからな」

昭和の時代と同じように還暦の齢に定年退職した夫は夫婦の終の棲家にと、二人が生まれ育った大阪市内への転居を半ば強引に推し進めたのである。珈琲店出店についても寝耳に水の話であった。

鉄骨二階建て。焦げ茶色のレンガをモルタル漆喰で積み上げた外壁には、リアルなレンガの重厚感がほしかったから、使用する新建材の質や色、サイズや耐久性等を二人で何度も吟味した。二階は住居にして、階下はそっくり珈琲の店に充てるつもりだった。店の柱や梁には切り出したままニスを塗っただけの木材を使って、壁紙には丸太を模した凹凸のある薄茶色のクロスを選んだ。ワックスの光沢を極力おさえた褐色のフローリングは所々に、虫食い跡に似せた黒い加工を施した。

遠方からの釣り人に向けた荒磯の賑やかなオアシスをイメージしたつもりが、完成した空間は、海辺というより古びた山小屋の閑散とした雰囲気に限りなく近い。ひとりだけで店をオープンする意欲はとてもなかった。店舗として貸し出す心づもりをしている。

彼が退職した年の秋口から三ヵ月間、週に二日を二人で喫茶学校へ通った。実質四時間前後の授業のなかで、サイホンとドリップコーヒーの違いや淹れ方。ブレンドするときの豆の選別や配合の方法。アイスコーヒーの濃度の調整。サンドイッチ、パフェ類などの作り方。また、接客作法から採算のとり方まで、実にあらゆることを教わった。

総合コース終了直後からは、学校紹介の二人それぞれ別個のビジネス街の珈琲専門店で三ヵ月間、五時間程度を週に三日、見習いとして勤務した。ここでの実働は、少なくとも私の身体に笑いごとでは済まない筋肉痛をもたらしたが、目まぐるしく回る現場は活気に満ちて、お客や従業員や、人々の飾らない素の姿がすがすがしく心に残っている。

手先の器用な勇は、ずいぶん重宝がられたようだった。左右どちらの手も器用に使いこなす彼は、細かな仕事を正確かつスピーディーにやってのけたに違いない。

「ストレートコーヒーはできるだけ多くの種類を用意して、モーニングのサービスはジャムかバターのトーストのみ。昼食時にはサンドイッチセットとカレーライスセット程度の限られたメニュー設定にしたほうが、二人だけで楽に切り盛りできると思うのや。人件費は高くつくし、人間性を把握するのは骨やから、なるたけ人を入れんほうが得策やと思うで。アキヨ手製のチーズケーキと黒糖ドーナツは店に置こうな。きっと人気になる」

「カップとソーサーだけはマイセンの青にしたいわ。すべてヨーロッパのブランドで揃えるのは無理やけど、少しでもいい器で注文の品を提供したいの。美しい器は間違いなく気持ちを和らげてくれるものでしょ。それから、定休日は週に一度でじゅうぶんよ。二日も三日も、そんな道楽ではお客さんに失礼やわ。二〜三ヵ月もすればそっぽ向かれるわよ」

「おい、おい、週三日は却下するとしても、二日はほしいな。いっそ、モーニングサービスはやめにして、昼過ぎからの営業というのも有りや。朝、ゆっくりできるのはありがたいで」具体的な話をするころには、新居のほうも八割がた出来上がっていたのだったが。

勇が旅立った直後から暫くのあいだ、自発的に食べることも起き上がることもできずに、ふわふわ身体が浮遊する感覚のまま寝間に伏せていた。

昔なじんだ古い家並みや街路樹。そよ吹く風と白い雲。現れては消え、また現れて。子どもや大人の姿にころころ変わって、止めどなくイサムと駆け抜けた。

霞のかかった遠くの方に息子と嫁のユカリさんの姿がぼんやりあったから、

正気を失くした私を気遣って傍にいてくれたのだろう。

亡夫の城田勇と私は同い年の幼馴染で、互いの家もごく近い、一人っ子同士である。

家族はそれぞれ豆腐屋と仕出屋に、いつでもせわしく働いていたから、足腰のしっかりした五歳前後には二人、近所の大きな子どもたちに交じって町内を走りまわって遊んだ。だいたい皆には兄弟があって、いつでも協力体制を敷いていた。うかうかしていると鬼やボール拾いなどの損な役回りを限りなく押しつけられる。イサムと私は常にタッグを組んで皆の中に入って行った。

幼稚園へは、誘い合って手をつないで大声で歌いながら通園した。どんぐりコロコロ、春の小川、月の砂漠や、普及し始めたテレビの子ども向け連続ドラマの主題歌、ハリマオや月光仮面やまぼろし探偵など、レパートリーには事欠かない。二人だけのショータイムを毎朝、得々として繰り広げた。

笑っているような顔つきの、髪の毛のふくらみ分だけ私より背の低かった丸刈りのイサムは、ハスキーボイスで歌が巧くて、そのうえ、園児の誰より敏捷に身をこなした。ボール遊戯は得意中の得意で、大きく足をひらいて右手を振りかぶる、大人のピッチャーそこのけのポーズも様になって、園の女の子たちからは黄色い声援がとんでいた。

あの頃、昭和三十年代半ばには、『しあわせ市場』と大仰に看板を掲げた一〇〇メートル内外のアーケードの下で、三メートルほどの石畳の通路をはさんで、十二の店屋が商いに勤しんだ。アーケードは三角に組んだ鉄線に、幌を被せてビスで固定しただけの古い形式のもので、雨や風にはすこぶる弱く、雨漏りやヨジレや片寄りが、かなり頻繁に起こった。市場の男の人たちは、代わる代わる三日にあげず幌のてっぺんへ上がって、点検、修繕などの力仕事を滞り無くこなしていた。

ウナギの寝床形態の市場の入り口には仕出しの『寿亭』が、最奥では『城田の豆腐店』が営業した。他に貸本屋、金物屋、パーマ屋、下駄屋と、通路をはさんだ向かい側で、青果店、散髪屋、菓子屋、布団屋、薬屋、新聞の集配所が、少しの脈絡もなく幌の中に収まっていた。市場の近辺にも、翁寿司、茶処・住吉団子、洋食の喜調、うどんの小梅、ｂａｒ美月、などの飲食店や、銭湯、歯科医院、相互タクシー、アパート日の出荘、皆さま衣料、ツバメ化粧品店、等々が、やはり何のまとまりもなく並んだ。

「アキヨちゃん、おはよう。走って行きや、遅刻するで。先生に怒られるわ」

「これ一つあげよ。二十世紀っていう新しい品種の梨や。水分豊富でサッパリした味やわ」

「鬼太郎の新しい巻、借りにおいでや。残り一冊になってしもたから、早いもの勝ちや」

「祭りの下駄の鼻緒、ちゃんとしてあるかいな。去年みたいに泣かなあかんようになるで」

外へ出ると、いつでも誰か知った顔に出会って、近しい身内のような声がとんできた。

ほとんど毎日、同じ時刻にやってくる金魚売りのおじさんは、時たま、金魚すくいの露店を出して子どもたちを喜ばせた。紙芝居のお兄さんは、絵の具で仕上げた自作の絵を繰りながら、聞いたこともない物語を役者みたいに演じて見せた。屋台を引いた白い髭のおじいさんの、わらび餅やシガラキには、大人も子どももまぜこぜの長い列ができていた。

先の戦争で焼け野原になるまで、このあたり一帯には東の吉原や京の島原に匹敵する格式のある遊郭が広がっており、その範囲は現在の四ツ橋筋から西へ、なにわ筋、白髪橋筋を経て、大阪湾に近い九条方面にまで及んだという。浄瑠璃『夕霧阿波鳴渡』や浮世草子『好色一代男』に久しい初代夕霧大夫は、容姿や芸事や作法、日常の立ち居振る舞いに至るまで一分の隙もなかったという、この地伝説の名妓である。

「夕霧大夫は川むかいの高槻の山から通いで遊里まで来ていたそうや。おやじさんやおっかさん、ぎょうさんの弟妹を身一つで養ったというから、まこと大したおなごやで」

当時すでに九十歳をこえて、一日のほとんどの時間を床に就いていた明治十年代生まれの曾祖父豊治は時々思い出したように、十歳になるかならずのイサムと私を枕元へ呼んで、気の向くまま色んな物語を面白おかしく話して聞かせたのである。講談師で身を立てたかったという豊治の巧みな話術は、子どもの心に大いなる想像のつばさを広げさせたものだ。とりわけ、話し言葉にきらびやかな装飾がなされ、ウイットに富む遊里のエピソードは格別であった。そこには少しの陰湿めいたものも感じられなかった。

——廓の最高位である花魁が上得意客の出迎えにと、馴染みの茶屋まで御伴を従えて練り歩く花魁道中は、噂にたがわず豪華絢爛なものでございました。庶民がそうそう見物できる代物では決してなかったのですなぁ。

八百屋の御用聞き佐吉は、廓の茶屋へ注文の品を届けてまわる途中たまたま出くわした花魁道中に、鼻の下をだらり伸ばして、口をぽかんと開けたまま、夢心地に見入っておったそうでございます。

その時の藤島太夫は中性的な魅力の如何にも男勝り。芸事も名人の域に達すると評判の上背のある細っそりとした美人でありました。金糸銀糸の贅を凝らした衣装に、真っ赤に染めたチョボ口。髪を高く結い上げて、禿に片手をあずけながら、三枚歯の高下駄を内八文字で、ポッコリポッコリ、ゆっくりすすめてまいります。

両側にズラリ並んだ見物人は息をひそめて、その姿を目で追っておりました。

突然、カケスがカァ～、カァ～、カァ～。数羽バタバタ騒ぎ出したかと思うと、大夫はへなへな地面に崩れ落ちるや否や間髪を入れず、高下駄がクルクル宙を舞って、二メートルばかり先の松の木の枝に見事、紅い鼻緒を引っ掛けてぶら下がっていたのでありました。

びっくり仰天する佐吉をしり目に、見物人の間からは大きな拍手が巻き起こっております。余興、余興です。子どものころ、旅芸人の一座にいたという身軽な太夫ならではの遊び心だったのですなぁ。

このの ち、佐吉の周りの市井の人々のあいだでは、下駄の枝引掛けが大層流行ったとか。はーい、お時間がよろしいようで――

普段は食も細く影の薄い曾祖父の両眼は大きく見開かれ、その声はまるで千里を駆ける駿馬のごとく力強くこだました。物語の細部を解さないまでも二人は、豊治に導かれて廓の中を縦横無尽に巡り歩いたのであった。

ひどく暑い夏の日の午後、豊治は寝間に座って好物の氷小豆を平らげてから、いつも通り横になって寝息を立てた。が、二度と目覚めることはなく、そのまま亡くなってしまったのである。曾祖父らしい物語めいた幕切れだった。

小学校の高学年になると、イサムと連れ立っての行動はほぼなくなっていた。クラスでも男子は男子、女子は女子、それぞれ少人数のグループがいくつかできて決まった人間関係が形作られていた。

学校から帰ると専ら私は、同じクラスの福田加代子ちゃんのところ、しあわせ市場の菓子屋『福福菓子店』の二階へ遊びに行った。

カヨちゃんは筋金入りの文学少女だ。あてがわれた六畳間の、天井にまで届きそうなガラス扉のついた木製の本棚の中には、日本少年少女文学全集、世界少年少女文学全集、おとぎ話や昔話の類から、キュリー夫人やジャンヌ・ダルクや野口英世。ファーブル昆虫記、シートン動物記。少女フレンドやマーガレット、りぼん、なかよし、少女ブックなどの漫画雑誌まで並んでいた。波乱万丈鬼気迫るストーリーに二人は黙々と目を走らせた。

カヨちゃんには生まれつきの股関節脱臼があって、右足をわずかに引きずって歩いた。

ある日、何か悪いことをした時のように小さい声で、

「足、悪いから、気使ってそろえてくれるのや」と、カヨちゃんが言った。ちょっとの間、聞こえないふりをした。いや、懸命に考えを巡らせていたのだった。

「いいな。うちも足悪なって、いっぱい本こうてもらいたいわ。足、ちっとも目立てへんで。気にすることないわ」いいえ、ちがう。ほんとうは本をいっぱい読んでいるのも、成績がいいのも、色が白いのも目が大きいのも、走りや歩くのが遅いのも、何もかもひっくるめて加代ちゃんだと言いたかったのだった。特別なことは何もないと伝えたかった。

恐る恐る顔を見ると、加代ちゃんは天使みたいにニッコリして私の手をギュッと握りしめたのである。あれからずっと、彼女には借りがあるような気がしている。

六年に進級した年に、しあわせ市場では受難や不幸が相次いだ。日本で初めての夏季オリンピックが開催された一九六四年、昭和三十九年のことである。

イサムと私のうえにも生涯における大きな分岐点が待ち受けていたのだった。

年末に金物屋が店をたたんだ。年明けすぐには解体・建設業者が入り、梅雨時分には雀荘が開店するばかりになっていた。

「夫婦には見えへんな。実の娘でもあるまい」

「梅田のガード下の闇市で、えらい儲けた男とちがうかな。たしか見たような気がするわ」

「叩いたら埃が出るかもしれへんで。ほんまになんかキナくさいなぁ」

菓子折を持って挨拶回りする船来品を身につけた齢の離れた男女を、市場の人たちはあれやこれやと噂しあったのだ。

金縁メガネに金の指輪と金の腕時計の年配の男性は、そのとき一度きりで姿を見せなくなったが、三十前後の女性の方は新築の二階に寝起きして、雀荘を営業し始めたのである。

朗らかな若い女性の物珍しさもあって、雀荘は日毎に固定客がつくようになっていった。

「はい、お小遣い十円ずつあげよ。アキヨちゃんもカヨちゃんも気持ちいいくらい元気やね。これから大きなって色んなことできるのやね、いいなぁ」

「こら、イサムちゃん。走り回ってばっかりおらんと、しっかり勉強してえらい人にならなあかんで。親孝行したげんとな。あんた運動神経いいから、巨人軍へ入ったらどうやろうか。きっと成功すると思うわ。夕方まで暇やから、いつでもラムネ飲みにおいでね。友達連れてきてもいいよ」

　気さくに声をかけてくれる女の人を子どもらは、屋号の『茜』からアカネさんと呼んで親しんだ。何しろアカネさんは、ピンクや水色のきれいな色の服にハイヒールで、ショートカットの髪にはパーマネント。つやつやした赤い口紅と香水のいい匂いまでさせた、流行のハイカラを地でいくような人だったから、子どもらの目は会ったその日から興味津々、好意的に映っていたのだった。

　夏近くには、しあわせ市場の店主も夕涼みがてらに、入れ替わり立ち替わり茜に顔を出すようになっていた。ほどなく、市場のお内儀さんのほぼ全員がツノを出し始めたのである。

「金物屋もあの女のせいでつぶれたらしいで。次はどこを狙うつもりやろうな」

「ほんまに恐ろしい。とんだ毒婦やで。下心あるにちがいないわ」

「だいたい人あしらいが良すぎるのや。うまい手口や。おとうちゃんをしっかりつかまえときや。持っていかれるで」

女性客やお内儀さんらの同盟軍と、店主ら男性連合軍との睨み合いは、圧倒的な口撃で勝る同盟軍が常に優位を維持し続けて、その火種は銭湯の中やタクシー運転手の間にまで飛び火して広がって行ったのである。当の本人は、どこ吹く風と意に介さない様子だったが、彼女を取り巻く意地の悪い圧力は、市場やその周辺を席巻しつづけた。

根も葉もない話だ。イサムもカヨちゃんも私も子どもら全員がアカネさんの親衛隊だった。

「だいたい、ひがみ根性がつよいのよ、市場の女の人たちって」

「狐みたいに口とがらせて、蛇みたいに目つりあげて、ぶさいくやわ」

「母ちゃんは父ちゃんと三日もろくに話さへん。ほんまに女はしつこいな」

「大人のくせに悪口ばっかり言って、カッコ悪いよな」

ひそひそ子どもなりの悪態を吐くことで団結を確かめ合った。

それでも、人の噂も七十五日とはよく言ったもので、夏休みの中頃にはアカネさんへのやっかみや無責任なうわさ話は、徐々に下火になり始めたのである。口の立つ同盟軍もさすがにネタ切れしてしまったのか、日を待たず市場には一応平穏が戻った。ただ、我関せずのはずのアカネさんの頬はげっそりして、赤い口紅もいい匂いの香水も無くなっていた。

八月三十一日。夏休みの最終日は、途轍もなく長い一日になった。

昼近く、子どもらが集まる北公園の複数の桜の太い幹からは、アブラゼミとヒグラシの声が、いい具合にハモって耳に心地よく、真っ青な空に立ちのぼる真っ白い雲は、大きな入道を一人、二人、三人、と、鮮やかに描いていた。

「イサム～、イサムはおらんか～、お父ちゃんが交通事故や～。イサムはおらんか～」

自転車に乗った新聞集配所の店主が大声でさけびながら公園の中を一周半して、みんながポカンとしているあいだに、反対側の出入り口から出て行ってしまったのである。

一緒にいたカヨちゃんを置き去りにして、泣きそうになりながら走って帰った。

「公園へ呼びにいくところやったわ。城田さんのご主人、配達中に船場のあたりでダンプに撥ねられたのや。手術は終わったらしいけど、イサムちゃんの姿が何処にもないのやて。奥さん、阪大病院に詰めてはるから、早く連れて行ってあげんと。あの子の行きそうなところ自転車でさがしてみてくれへん」母はせわしく仕込みの手をうごかしながら言った。

イサムのおばちゃんは、体が小さくて、優しい目をしたスミレの花のような人だ。いつもニコニコしているおばちゃんの悲しむ顔が目の前に浮かんで、胸がつぶれそうになった。

あの日はあれから、自転車で何時間もずっとイサムをさがしていたような気がする。

公園、空き地、路地裏、食堂、駄菓子屋、仲のいい男の子たちの家。どこにもいなかった。アカネさんの店は鍵がかかったままだ。船場まで行ってみることにした。

御堂筋の交差点を東へわたって、心斎橋筋を北へ走った。ほどなく前方に、ドブ池筋商店街と書いた黒字の看板が目に入った。あの辺り一帯を船場と呼んでいる。

スピードを出した。と、看板の手前、細い一方通行の道路の上には、ぐちゃぐちゃに崩れて赤く染まった豆腐の塊が幾つも、片隅に寄せ集めて放置してあるのだった。

あたりを見回すと左手方向、御堂筋の待機車線に、砂ぼこりをかぶった紺色のダンプカーが止まって、ハンドルや荷台がねじ曲がった、たしかにイサムのおっちゃんの頑丈な男物の自転車が、横のイチョウの木に立てかけてある。警官が二人、運動会前日の運動場整備するときの先生のように、チョークで何かシルシをつけてメジャーを当てていた。

心臓がパクパクした。額から汗がどっとふき出て、涙があふれた。

「無駄になってしもたわ。えらい損害や。父ちゃんと母ちゃん、きのうの晩から長いこと注文の豆腐五十丁も仕込んでたんやで」いつの間にか汗まみれのイサムが横にいる。

「いったい今までどこにおったん。はやく病院へ行かんとあかんやないの。一緒に帰って、顔洗って、着替えてから、お母ちゃんにタクシーで連れてってもらおうよ。もー、イサムちゃん泥だらけやないの。すごく汗臭いで」

「なあ、アキヨのとこ行ったら、まず何か食べさせてくれへんか。腹減ってしょうがないわ。潮吹き昆布のおにぎりがいいな。店にエビの天ぷら残ってないかな。腹が減っては戦ができぬって言うやろ。サイダーも飲みたいな。のどカラカラや」

強がるイサムがかわいそうだった。目を合わせることもできず何度もうなずいた。

あのとき、何気に顔を上げた前方に、かろうじてそれとわかる水色のシルエットでアカネさんが、夏の日差しに傘もささずジッとイサムと私を見ていたのだ。偶然に出会っただけかもしれないが、普段、特に親しそうでもなかった二人の取り合わせに、尋常でない秘密めいたものを感じた。この日を境にイサムは三十年近くも私の前からいなくなる。

おっちゃんは意識が戻らないまま、事故から三日目に病院で亡くなった。イサムは一度も学校へ出てこないまま、簡単な葬儀を済ませて、次の日には家財道具もそのままに親子の姿は消えていた。市場の誰にも別れの言葉ひとつなく、煙のように消えてしまったのである。

「城田さんの奥さんとイサムちゃんは祖国へ帰ったの。新潟港から船に乗ったのよ」と、密やかなアカネさんの声。いつ、どこで耳にした囁きだったろうか。声色以外の細かなシチュエーションはすっかり抜け落ちてしまっている。後年、ますます現実味は乏しくなって、白日夢だったかもしれないと考えるようになった。

クリスマス前後、仕出し『寿亭』の中は、これまでにも増して居たたまれない空気が充満していた。祖父と婿養子の父のあいだで、罵詈雑言が大声で飛び交うようになっていた。些細な行き違いから暴力沙汰寸前まで行くこともあって、当時三～四人いた男衆さんが止めに入らなければ警察のお世話になっていたに違いない。どちらかと言うとインテリジェンスで創作料理に情熱を注ぐ父と、マグロの仲買から身を立てたザコバ出身の昔かたぎの祖父との間には、相容れないそれぞれの信条があったようだ。

父のことをスカシテルと常々ぼやく祖父は、裏表のない、さっぱりした気性の子どもが好きな人である。暇があると近所の子どもらに、ちょっかいを出して笑いを誘った。

将棋や父が嫌う花札まで、イサムや私に教授して、店の前の縁台で三人、よく楽しんだものだ。

イサムが消えたあの日にも、朝の一時間ばかりを将棋に興じていたのだった。祖父とイサムが縁台に座り、あぶれの私は、それぞれの指からパチンパチン音をたてて将棋盤へ繰り出される駒を立ちん坊で見ていた。あのときはイサムのおもむろに放った飛車が勝負を決めた。たまたま目に入った、イサムの右手中指の血のにじんだ擦り傷に、軟膏をぬったガーゼをあてて絆創膏で留めてやったら、ありがとうさん、と、いつものたれ目のくしゃくしゃの笑顔を私に向けたのだ。血の赤色が、ずっと目の裏に残っていた。

イサムの不在は心の中に小さな穴を幾つもあけた。時に凍える風が吹き込んで、どうにも身動き出来なくなるのだった。一つずつその穴を繕って思い出に蓋をしながら、大人になったような気がしている。

年明け早々、父は家を出た。以後、私の人生の断片にさえ父の姿は無くなってしまった。

板前の父がいなくなって、仕出屋は次第に傾きはじめたのである。

折しも時代は高度成長期の最終段階にあって、物価の上昇は凄まじく、特に人件費は三～四年前の五倍近くに跳ね上がっていた。好景気はサラリーマンをはじめ、国民の大多数に恩恵をもたらしたようだが、得意客相手で、商いの規模も小さい寿亭は大きな打撃を受けた。茶屋を通して提供するウナギのかば焼きや、てんぷら、造りの盛り合わせ等々に、昨日、一昨日の二～五倍の代価を請求できる訳もなく、材料費などの支出を加味すれば、手元に残る儲けは減る一方になっていた。利益を上げるための、より以上の注文の回転には父の代わりの調理人も急務であった。

公共機関を通して来てもらった年配の板前さんは気持ちの優しそうな人だった。お得意さんには二～三割の値上げを呑んでもらった。苦心惨憺してどうにか軌道に乗せた矢先、男衆さん全員が辞めてしまったのである。給金のいいところへ移って行ったのだった。万事休す。祖父と母は廃業を決めた。

家族三人は祖父の旧くからの友人の世話で、京都との県境に近い築五年の英国人の持ち家だった売家に移り住むことになった。今まで通りの生活を懇願する私に、二人はまったく取り合ってくれなかった。寿亭を店舗か借家に造り替えて、家賃収入を見込んでいた。

しあわせ市場を出て行く日、カヨちゃんは朝の早くから、すでに普請がはじまって四畳半程度の踏み場しか残っていない仕出屋にやって来て、最終の引っ越し荷物を積み終えた大型三輪トラックに家族三人が乗り込むまで、片時も離れず私の腕に腕を絡めて寄り添っていてくれた。

「カヨちゃんは絶対に引っ越したらあかんで。約束やで。イサムちゃんが帰ってきたら、新しい住所、ちゃんと伝えてや」

「ウチは絶対どこにも行かへん。新しい住所も電話番号もちゃんと書いてあるよ。イサムちゃんはきっと帰ってくるから、真っ先にアキヨちゃんのところ教えるわ」

やがて、スピードを上げたトラックの窓の外を退屈な田舎の風景が次から次へ、これでもか、と言わんばかりに流れて行く。広い大地の中で、人も、冬野菜も、耕運機も、スズメも、ため池も、何もかもが、ゆっくり、ゆったり、静かに、鮮やかに、呼吸しているのだった。しんしんと、何かしら開き直りに似た熱いものが込み上げてきて二時間近く。洋館まがいの家に到着して振り返ると、子どもの時代は遥か遠くに……。手放してしまった。

勇の三回忌の法要を終えて数ヵ月たった春の初めから、階下で珈琲館『回転木馬』が営業し始めている。

マスターの山中一郎は、一昨年の秋口まで大阪駅北口付近で探偵社を経営していたという、五十代半ばの未だ独身の独特の雰囲気のある人物だった。筋肉の発達した体躯と、額や眉間に深いシワを刻んだ枯れた容貌や、いくぶん目尻にかかる銀髪交じりのウェーブのある髪は、如何にもハード・ボイルド仕様。着古したデニムの上下着衣も相まって、そこはかとなく探偵小説の虚無感を漂わせる。ただ、見識の深さゆえか、人懐っこいからか、たいそうな饒舌家、つまりおしゃべりさんでもあった。会話が途切れた時の嫌な間を彼の横では経験したことがなかった。

山中と私を引き合わせたのは、亡夫勇の勤め先の製薬会社の後輩で、新薬の研究開発を担当する本庄一哉だった。本庄と夫の勇は十歳以上の年齢差があり、それぞれ研究室と営業部と、ほとんど顔も合わせない部署にいながら、勇が五十歳前後で遠泳を封印するまでは共に海へ、その後は共に山へ。職場内外で参加者を募り、遠泳クラブや山岳サークルまで立ち上げた親しい間柄であった。その時の『山の友』の名簿の中に、山中一郎の名があったのを記憶している。

本庄が五十を過ぎてから迎えた三人目の妻は、山中一郎の実の妹に当たると本庄本人から聞かされて、その優男っぽい外見や、人当たりのいい物腰からは、とても想像しがたいバイタリティーには驚かされた。少なくとも離婚には相当なエネルギーを必要とするし、後遺症も尾を引くものである。

結婚二十二年目で別れた夫は、代々続く専業農家の長男で無口な人だった。敷地内に、義父母と二組の義妹夫婦と私たちと、四組の夫婦がそれぞれ一戸建てを構えて暮らした。終日、男の人たちは田畑に出て働いた。繁忙期にはヘルパーさんを何人も雇い入れていたから、野良仕事に女手を強要されることはなく、農家の主婦の重労働とは無縁だった。が、姑、小姑との折り合いは最悪で、常に監視されている圧迫感に息が詰まった。どうも、隣近所も含めた女の人たちの、立ち話やおしゃべり会を避けていたのが癪に障ったらしい。掴みどころのない風のように自由気儘にうつっていたようだ。仲間外れや苛めらしきものもあったが、長男が成人するまではと踏ん張った。ともあれ、婚家が離婚の話し合いに誠実に応じてくれたことには感謝しなければいけないと思っている。夫は私の出奔を最後まで引きとめたが、その時もそれ以前にも、息子と三人で家を出ようとは言わなかった。

実家に戻ってしばらくの間、子どもの頃にカヨちゃんの部屋の手の届く場所に常に置いてあった絵本『ヤドカリの失敗』のクライマックスが、総天然色で夢の中に何度も現れた。

いよいよ独り立ちしたヤドカリは、餞別にと親が譲ってくれた巻き貝を脱ぎ捨てて、新しく見つけたキラキラの透きとおった薬ビンの中で、日光に焼かれて死んでしまう。海辺には程遠い、だだっ広いゴミ集積所の隅っこで、たったひとりで干からびてしまった。きれいな薬のビンは大きすぎて出入り口は狭すぎた。身の丈に合わなかったのである。

黄葉真っ盛りのイチョウの大木の下のオープン・カフェをイメージしたという山中の狙いどおり、珈琲館回転木馬の店内は、落ち着いた雰囲気に仕上がっていた。木肌を模した凹凸の壁紙はそのままに、いくぶん黒みをおびた山吹色の天井や床や照明は、おひとり様でも心置きなく寛げるフレッシュ過ぎない午後の華やぎを演出している。

結局、オープン当初から回転木馬を手伝っているのだった。内装が終わって調度品もおさまって、いよいよ開店というときになって俄に、二階自室への出入り時には常時店内を通過するのが気にかかりだした。家族でも従業員でもない年かさの女が、お客の傍を行ったり来たりして、あげく、なし崩しに常連さんと顔見知りになる。礼儀を欠く構図に思えた。それは避けたい。営業中、自室に籠ることになるのなら混雑時だけでも店に出たい旨、山中に申し出ると、「願ったり、叶ったりです」彼は快諾したのであった。

定休日の日曜以外、毎朝九時からの営業に合わせて、山中は八時半前後には猛ダッシュで珈琲館へ飛び込んでくる。阪急梅田駅の東側、古くからの民家が立ち並ぶ一角にある住居から通いで来ているのだった。同居人の有無は知らないが、もう少し余裕を持って出てこられないものだろうか。本庄一哉と同世代だというから五十代前半、決して若くはない。転びでもしたら、捻挫でもしたらと、毎朝、他人事ながら気を揉んでいるのだったが、進言するのは差し出がましく思えた。

白いシャツに蝶ネクタイと黒いベスト、黒いスラックスに髪を七、三に撫でつけた山中が、更衣室にあてた小部屋から、今度も勢い良く飛び出してきて、さっそくアイスコーヒー専用の豆を挽き始めた。一日の注文量の半分くらいは、朝一番に抽出して、冷蔵庫にストックしておく。季節を問わず、コーヒー以外にも冷たい飲み物の需要は結構多い。

香ばしい香りが喫茶室に充満した。

「アキさんは、苦味と酸味のどちらのコーヒーが好みですか。女性は比較的まろやかなものを好まれるようなので、ブレンドコーヒーの豆の配合比率をソフトな豆主体に変えてみようかと考えています」

たしかに、回転木馬のオリジナルコーヒーには深いコクと強い苦みがある。

「私もモカ系のマイルドなものが好きです。苦み走ったここのホットコーヒーは男性好みかもしれませんね。でも没にするには惜しい気がします。香りも際立っているし。スペシャルブレンドか木馬ブレンドか、何かの名称で残しましょうよ」

「光栄だな、自信作なもので。僕の好みではありますが、考えつく最高のミックスです」

勇なら変更は考えないだろうと思った。良くも悪くも初志貫徹だった。なら、二人は何が似ているのだろう。山中は時に、心ここにあらずと、まるで他を寄せ付けない厳しい表情を見せることがあって、その横顔に勇の鼻梁の線を重ねるのが常になっていた。

モーニングサービスが終了すると、今日も正午を待たずランチのお客で席が埋まった。ランチメニューは、ビーフカレーかカツカレーにグリーンサラダとオリジナルコーヒー、ミックスサンドイッチには三種のフルーツ盛りとオリジナルコーヒー。

勇の持論をそのままに、ランチメニューはカレーとサンドイッチだけを、ざっくり七百円で提供している。ボリューム満点で見端もよく安価なうえ、味の方も掛け値なしの一流ホテル並みであった。山中一郎は、どこで食の技術を身につけたのだろう。趣味が高じた即席シェフのそれとは思えない。

　本庄に連れられてやって来た初対面時に山中は、十五の齢から三十までは加賀友禅の染元に住み込んで昼夜、絵師の修業に明け暮れたと言った。三十二歳の時にやっと、社員二人を置いた探偵社の開設に漕ぎつけたとも言っていた。関連性のない職種の変更である。色んな側面のある山中の本当のところが、私には見えてこないのだった。物事を突き詰める質の彼が、飽きた玩具に見向きもしない幼児のように興味の対象を捨て去る心情が解らなかった。

　ポフィヨーン、ポフィヨーン。午後二時。

　山吹色の柱に掛けた三角屋根の巣箱の中から、レールに乗って姿を現した青い鳥は愛嬌たっぷりに二度鳴いて、そそくさと箱の中へ戻って行った。何をそんなに急ぐのやら。毛つくろいの一つも見せてほしい。

　私のパート勤務はここまで。山中はドアの外の木札を支度中に裏返してから、年季の入った黒いフライパンに火を入れてバターを溶かし始めた。一時間の休憩をはさんで、七時の閉店までは彼一人だけになる。

「お疲れさま。もう少し待ってください。ホタテ貝のピラフができますから。ポタージュスープは作り置きを切らしてしまって、インスタントになります。

申し訳ない」

メニューには載っていないが、遅い昼食に出てくる彼のナポリタンやグラタン、天丼や親子どんぶりの類もたいそう美味であった。この歳になっても昼食が待ち遠しいのだから、食の楽しみは健康のバロメーター、生活に潤いをもたらす優秀な要因の一つに違いない。

「原野さんの奥さん、遅いですね」

今日はカヨちゃんが、ここへ来る予定になっている。

すべからく、『しあわせ市場』はとうになく、跡地には多種多様な商業施設の変遷があったようだが現在はマンションになって、その最上階でカヨちゃんと夫君は暮らしている。十数年前に娘さん二人が相次いで嫁いで行ったのを機に、それまでの一戸建てを処分して、当時落成したばかりの『ロイヤルヴェルサイユ・シンマチ』に入居したのだった。

夫君というのは、しあわせ市場の寿亭の右隣で貸本屋を営んでいた原野さんのところの四人兄妹の末っ子で、背がひょろりと高くて、いつも鼻をグスグスさせて、図工と算数が得意で作文が苦手だった、同学年のタケシくんである。

今や彼は市内主要ターミナル界隈に五～六店舗の古本店を展開して、還暦半ばを過ぎた現在も精力的に働いている。

カヨちゃんに言わせれば、「まじめ」の「ま」の字をそっくりそのまま、顔の造りと行動にも当てはめたような、一気に一筆書きのできる扱いやすい人であるそうだ。が、彼女が照れ隠しとわかる軽口をたたくのも、夫君に全幅の信頼を寄せているからに他ならない。

そのタケシくんが、勇の葬儀が終わったあとの精進明けの会食の最中に、「しかし、妙だな。身体能力も肺活量もオリンピック選手なみだった城田が、六十を超えていたとはいえ、心臓で逝ってしまうなんて。どうも解せない」私の抱いている疑問を、そっくりそのまま初めて口にしたのだった。すると、横にいた本庄一哉も身を乗り出してきて、「まったく同感です。城田さんに鬱血性の心不全は考えにくい。ほんとに不自然ですよ」と、声を詰まらせたのだった。

後日、タケシくんと本庄との間で、勇の死因についての何らかの話し合いがなされたのかもしれないが、カヨちゃんをも巻き込んだ、空白の三十年間解明隊、とでもいうべきチームが、彼ら二人の強い後押しで発足した。リーダーは元探偵の山中一郎である。この時点では山中から、珈琲館開店について聞かされたわけではなかった。

奇遇にもタケシくんには、これまでに山中の探偵社と数回にわたる仕事上の付き合いがあって以前から懇意にしていたのだった。本庄同様、タケシくんも山中一郎の調査手腕や人となりを高く評価していた。

何も明かさないまま逝ってしまった勇は、六年の夏休みの最終日に煙のように姿を消して、三十年近くたってから、カヨちゃんが幹事を引き受ける三年ごとの六年二組のクラス会に突如現れたのであった。離婚して日の浅かった私は、六回目を重ねたその時のクラス会には出席しておらず、日を置いて彼は家まで会いに来た。

私には、たぶん勇にも、長い別離の日々の違和感は微塵もなく、元気そうやね、と、ほんの二〜三年行き来のなかった親しい友人との再会時のように、手を取り合って、互いの肩を抱き合った。一年後には一緒に暮らし始めていた。

勇が用意した大阪府の南の端の岬町の新居は、海岸沿いの新興住宅地にある瓦屋根の十坪ほどの小さい二階建てだった。西方向に見る大海原は、いつでも穏やかに波打って、沈み来る燃える夕日を大らかに胸元に抱え込んだ。

　勇は共に暮らした二十年余りの間、爪の先ほども自分自身について語ろうとはしなかった。だからといって、何ら不都合が二人の間に生じたわけではなかったのである。


　珈琲館のドアベルがカランコロン鳴って、若草色のワンピース姿でカヨちゃんが、山中と向かい合う奥のテーブルに急ぎ足でやって来た。

「山中さん、ご無沙汰しています。まぁ、いいにおい。贅沢なお昼ごはんやね」

　横に腰かけたカヨちゃんのふくよかな横顔。幸せ太りとは然もありなん、自分の心の声に思わず口元をほころばせた。ほんわか、ゆったり、奥様然としたカヨちゃんは幸せそうだった。そんな彼女を見るのが嬉しかった。何はともあれ、カヨちゃんは順風満帆でありますようにと願っている。

「遅くなってごめんなさいね、アキちゃん。出ようとしたら、隣の部屋の奥さんからイチゴのお裾分けをいただいて、少しのあいだ世間話に付き合っていたの」

今日はカヨちゃんと、十数年来、天王寺の老人施設に入居しているというアカネさんを訪問するつもりでいる。

山中やタケシくんが躍起になって捜していた彼女の居所が、最近になって思わぬ人からもたらされた。カヨちゃんが数年ぶりに出会った新聞配達所の次男が、立ち話の別れ際に、「ほら、あの雀荘のアカネさん、天王寺の動物園のところの『みのり園』で元気そうやったで。本名は、きうちくにこ、っていうらしいわ」と、何げなく言ったのである。作業療養士育成の教官をしている次男は、現場へ送り出した新人の技術のチェックに、絶えず府内の病院や老人施設を巡回していた。

これまでに、勇の両親、城田夫妻の経歴については、ほぼ全容が明らかになっていた。

山中が人脈をたどって、船舶の発着地である朝鮮半島東部の清津と、母親の出身地とされる半島中心部北緯三八度線に近い鉄原の農村へ飛んで調べ上げてきたのだった。

学校を出て大手銀行に入行した勇の父親、城田氏は、終戦間際に朝鮮半島の清津支店へ出向していた。一年後にはその支店の女性行員、のちの勇の母親、と婚姻。敗戦後も十年近く半島に留まって、昭和二十八年（一九五三年）には双子の男子を授かった。ところが双生児誕生の一年後には、子どもは連れずに夫婦二人だけで日本へ戻っているのだった。『しあわせ市場』で夫婦が豆腐店を営んだのは十年余り。城田氏が事故に遭って逝ってしまったあと、確かに母親は半島へ向かうソ連の貨客船に乗っていた。が、その時の乗客名簿には彼女の姓名があるだけでイサムの記載はなかったのである。朝鮮半島へ帰国した母親には軍部の役職が用意されていたというから、彼女が日本に於いて優秀な諜報員であったことが推測された。

「焼け野原から、どうにか復興しつつあった当時の日本で、いったい何ができたのだろう」とは、四ヵ月近く前にこの事実をチーム解明隊に伝えた時の山中の弁。

「洗い流したように勇さんについては何も出てこない。夫婦の双子の男児の一人は、本当に彼だろうか。もう一人はどこへいってしまったのだろう。いやはや、夫婦の経歴や写真の信憑性も疑わしい」と、頭を抱えていたのだ。

肝心のイサムの空白の時間について山中は、一つの手がかりも持ち帰るに至らなかったが、鉄原の村で話を聞いた母親の兄の長男に当たるという人物から見せられた、数枚の旧いモノクロ写真をケータイの中に保存して戻っていたのであった。

先ほどから、カヨちゃんと私はアカネさんに面会するにあたって、山中がそれぞれのケータイに転送した城田夫妻ゆかりの人々のスナップ写真を、あらためて眺めていた。

若い男女それぞれが乳児を抱いて微笑する一枚。

ゴムマリを同じような格好で前方に投げようとする男児二人の、まさにその瞬間の数枚。

大家族の食事風景。雪景色の中で遊ぶ二人の男児の連続ショット。等々。

「何度見ても、このピンボケ具合では、若い二人が城田さん夫婦だとは確認できないわ。男の子二人は、顔が似ているような気もするけれど」

「記憶の中の城田さん夫婦とは髪型も違っているし、表情もわからないわね。それにしても男の子二人はとってもよく似ている。背の高さも、ほら、しぐさもまったく同じ。マリを投げる歩幅や腕の角度や、頭の大きさ傾きかげんも、気持ち悪いくらい瓜二つだわ」

これまで見落としていた男児二人の、判で押したような相似に身震いした。

「でも、一～二歳の小さい子どもって、似て見えるものよ。年子の娘にお揃いの洋服を着せて連れて歩くと、知らない人から、よく双子に間違えられたもの。案外、この子たちも兄弟か従兄弟同士かもしれないわよ。体の大きさも少しちがうようだし、私にはさほど似て見えないわ」

カヨちゃんの言う通りかもしれない。そう思って見るから、そんなふうに見える。確かに然もありなん。気にかかったことがもう一つある。季節や撮影時の違いから多少印象は異なっても、数枚の写真の中に顔を出している女性の一人がアカネさん、その人に思えてならなかった。

山中は会話の中に入ろうとはせず、ずっと真正面を向いて、遠い目を宙にやっていた。

動物園前でメトロを降りた。

空は晴れて、街路樹が影を落とす春のうららの白い歩道を二人で東へ歩いた。

かつて労働者の町だった雑然としたイメージは消え失せて、近年増加する海外からの旅行者向けの新しい建物が立ち並ぶ。

「ずいぶん、すっきりしたものね。きれいになったのはいいけれど、こんなに無味乾燥にがらり変わられると、旧くからの地元の人間は置いてきぼりやわ」

「何か、損した気持ちになるね。この先の無量寺のカメの池はそのままあるのかしら。祖父がお灸を据えるときには、いつもついて行っていたの。カメもかわいいのよ」

「無量寺のお灸は知っているけど、カメの池があるなんて聞いたことないよ。そういえばアキちゃんって、電球つけて白いヘビ飼っていたよね。それから、トカゲやオタマジャクシやザリガニもいたことあったでしょ。気味悪くなかったの。平気で触っていたね」

生家では曾祖父も祖父も小動物を愛でた。

豊治は最晩年、寝たり起きたりの生活の中でも、枕元にジュウシマツやインコの籠を置いて目を細めていたし、足元にはいつでも二～三匹の猫をはべらせた。

祖父の方は、珍しい熱帯魚に夢中になる一方で、知人と組んで伝書鳩の訓練に熱心に取り組んだ。当時は戦前の名残とでもいうべき、急を伝える鳩の必要性が公の機関をはじめ、銀行やその他の企業にもあったようだ。一時期、ニホンザルの女の子が部屋の中を走り回っていたこともある。友人から譲り受けたと祖父は言ったが、動物好きで人の良いのを見越して押し付けられたに違いない。イサムと私とその子は仲良しだった。今思えばイサムには、もじもじ品をつくっていたようだ。

串カツ屋ばかりがやたら並ぶ通天閣の正面出入り口を通り過ぎて、雑木林を高いフェンスで囲んだ天王寺動物園の側面を歩いた。急に空気は澱んで、喉の奥がいがらっぽかった。交通量を増した道路をバイクや乗用車や市バスが騒がしく行き交っていた。

谷町筋の交差点を右へ折れると、三階建ての白い鉄筋コンクリートが、いきなり目の中に飛び込んできた。まだ少し距離はあるだろう建物の屋上には、『みのり園』とプレートが掲げてあったから、その白い建物が目的地であるのは一目瞭然であった。

この辺りには、聖徳太子ゆかりの四天王寺をはじめ、大小の寺院が数多く建立されており、仏具店や骨董店、生花や線香やロウソクを扱う店も軒を連ねて、まぶしい緑が豊かに生い茂る。心なしか、白檀の甘い香りも鼻をくすぐるようであった。ほんの四、五分前とはガラリ変わった光景に、絹の道が結ぶ、見たはずもない西方の美しい国を思った。

305号室。木内国子。

受付で聞いた三階の南端の部屋の前で、しばらくのあいだ二人、ジッとしていた。扉に記されているのは知らない人だった。妙に整った硬い字面も気さくなアカネさんには似つかわしくなかった。

肩で大きく息を吐いて、先に立ってカヨちゃんがノックした。

「ご無沙汰いたしております。急に押しかけて申し訳ございません。お変わりありませんか。私たちは恙なく越し来ております」小学校の生徒会長を務めたとき以来の加代ちゃんの十八番、演説風挨拶である。やはり私よりずっと腹が据わっている。

ロッキングチェアから立ち上がった銀髪ショートヘアのアカネさんは、ニコニコしながら近寄ってきて、私たちに代わる代わる頬ずりしてから、天を仰いで目を閉じた。二、三拍置いて、ブラボオーと叫んで右手拳を突き上げた。部屋着の裾がきれいに波打っていた。

アメリカナイズされた所作は、よく知っているアカネさんのものだ。耳元から香る爽やかな柑橘系のオーデ・コロンもアカネさんその人だった。周りの空気は一気に五十年余りを遡って行った。

「よく来てくれたわね。きのう事務所の人から連絡もらって待ち遠しくてならなかったの。二人とも大きくなった。立派になったわ。今でも、あなたたちは仲がいいのね」

「はい。ご主人とも仲良くさせてもらっています。アカネさんはハイカラでざっくばらんで、少しも変わっていない。十二の子どもに戻った不思議な気分です」

すすめられるまま、窓際の四人掛けのテーブルの前にすわった。

アカネさんは、部屋の隅の小型冷蔵庫の中の缶コーヒーをマグカップに移し替えてレンジで温めながら、「ごめんなさいね。自室ではポットと電子レンジ以外は使えないの。あとで地階の喫茶室へお茶しに行きましょうね。しばらく、がまんしてね」まるで子どもをなだめる時のように、二人の頭の上に手のひらを置いた。

熱い甘すぎるミルクコーヒーは、それでも、緊張を和らげるに十分足りるものだった。ほっこり身体が温まって、言葉がなめらかに口をついて出た。

勇と所帯を持ったことや、急死への疑念、空白の時間の謎、それら諸々について明らかになった事実を、詳しくゆっくりアカネさんに話して聞かせたのである。

「そうだったの、イサムちゃんは船に乗らなかったのね。あれから一度も会ってないから、その後の彼のことは何も知らない。実はね、イサムちゃんの父の城田は、私の齢の離れた実の兄なの。兄さんは戦前の公安、つまり、思想犯やテロリストを秘密裏に摘発する国家警察の一員だった。皮肉なもので、好きあって一緒になった義姉さんも半島側の諜報員だった。互いに相手の身分については最後まで気付いてなかったと思うけれど」

トランジスタラジオが流す数字やアルファベットを熱心に書き取る義姉を、アカネさんは何回か目撃していた。大豆をゆでる大釜の向こうに隠れてラジオに耳を傾けていたのだという。

「兄が公安にいたから、さほど驚きもしなかった。口は禍の門。戦中の風潮は骨の髄まで浸み込んでいたから、余計なことは決して口外しなかった。兄にも誰にも話してないの。義姉さんは子煩悩で、それはとても優しい人でしたよ。働き者で、お料理も上手で、兄にもよくしてくれました」

アカネさんは一気に喋ってから溜息をついて、冷めてしまったマグカップに大儀そうに口を付けた。一刻も早く話をイサムの方に向けたかったが、九十に近い彼女の年齢を考えると無理強いはできない。カヨちゃんが話題を変えた。

「アキちゃんのおじいちゃん、ずっと市場の会長さんしてくれていたでしょ。面倒見のいい人やったね。揉め事は寿亭の大将に任せておけば丸く収まるって、皆、言っていたもの」

「とかく、些細ないざこざが多かったね。人間関係が密すぎたのかな。みんな身内みたいに心安かったから、おせっかいが度を過ぎていたのかもしれないわね」

　祖父は私が勇と所帯を持ってからもしばらくは健在で、平成十二年の冬に百歳の大往生を遂げている。祖父の死後、後を追うように、わずか二年で母は旅立って行った。母はあれからずっと独り身だった。

「人生の容量はそれぞれ違っているけれど、遅かれ早かれ行き着く先は誰も皆同じ。大半の人間は心身ともに衰えてやがて死に至る。衰えることで未練なく生を断ち切れるのでしょうね」何を思ったのかアカネさんは私の顔を見てしみじみ、そう言ったのである。余計なことは口外しない。彼女の言葉を繰り返し考えていた。

「城田君が双生児だったというのは事実ですか。もしかして、どちらか一人、心臓が悪かったのではありませんか」今度もカヨちゃんが話を元に戻した。

「よく調べてあるのね。確かにイサムちゃんが双子の兄だとは聞いていた。でも、もう一人には一度も会ったことがないの。義姉さんの実家に預けて日本に来ていたから。心臓が悪いのは、その弟のほう。十分に体力をつけて難しい手術をする必要があったらしいのよ。兄夫婦は手術費や、そのあとの費用の工面も兼ねて、短くともイサムちゃんが成人するまでは、しあわせ市場で慎ましく暮らすつもりでいたはず。店は繁盛していたもの」

　双生児の弟の方を知らないと言うのは、偽り言に違いない。山中が半島から持ち帰った集合写真の、若い日の化粧っ気のない目鼻立ちは、むしろ目の前の、年齢を重ねた彼女のほうの面影を色濃く有しているのだった。数枚のスナップ写真が頭の中を駆け巡った。

　同じ背丈、同じ衣類、同じような表情、同じ仕草。常に双生児は一緒にいる。突如、これまで感じていた違和感の正体に気づいて愕然とした。二人のうちの一人は左利きだったのだ。マリを投げる時やタオルを受け取る時の左手。横でシンクロする幼児は右手を使っていた。もしかして彼らは入れ替わった？

　しばらくして、急に廊下側がざわつきだした。夕食を知らせるアナウンスが館内に流れたのを潮に、再訪を約束して逃げるようにアカネさんの部屋を出た。頭の中がボワンボワン鳴って何も考えられない。気持ちを整理する時間がほしかった。

　暮れなずむ夕焼け雲の下、どの人もこの人も足早に歩いている。誰かの待つ家路を急いでいるのだろうか。

翌日、遅い昼食を終えてから、昨日のアカネさんの話のあらましを山中に伝えた。

端折って説明を付け加えていくうちに、いくつかの矛盾点に気付いたが、イサムの空白の時間についての情報は彼女の口からも、やはり何一つ得られなかったのであった。

「何か見落としている。どこかで固定観念の転換が必要なのかもしれません」

木内国子は、決して真実を言わないでしょうから。いや、本当に何も知らないのかもしれない」

今度彼は、アカネさん兄妹の生家や親戚縁者を捜し出すつもりでいるのだった。

「もう、やめにしませんか。今さらで山中さんには悪いけれど、亡くなった勇が戻ってくるわけでもないし。こんなふうにして次々に出てくる事実に私、気がふれてしまいそう」

「いいえ、いけません。少しでも早く解決の糸口を見つけて、ある程度の決着をみないことには、アキさんは未来永劫、勇さんに囚われつづける。事実を知ったうえで、いい形で彼を忘れてほしい。亡くなった人は帰らないのだから。僕は心から、そう願っています」

　返す言葉がなかった。

「勇は二人いたようなの。たぶん、入れ替わっていた」昨日からの胸のつかえを吐き出した。山中は表情を変えもせず一度だけわずかに肯いたようだった。

　一緒に暮らし始めて十年前後経った、遠泳をやめた時分に勇は、矯正した利き手を元の左手に戻すと、真顔で宣言したことがあった。別段、言わなくても何処にも誰にも影響しないものを。軽く受け流して、そのあと思い出すことさえなかった。

　私は彼ら双生児のいったい何。一時的な潜伏場所。退屈しのぎのゲームの標的にでもしていたのだろうか。私を騙すことで彼ら二人は、何か得るものがあったのだろうか。戯事にしては余りにも手が込み過ぎている。兄妹のようにイサムと私はずっと一緒だった。煙のように消えてしまっても、別れ別れの年月が長くても、誰より彼の理解者を自負していた。二人いたとは夢にも思わなかった。

しばらくして山中は苦々しそうに口を開いた。

「本庄にも一度じっくり話を聞かなければいけない。同じ職場で、ほぼ毎日会っていたのは彼ですから。入れ替わりの前後についてはある意味、誰よりもよく知っているはずです」

背中がわなわな震えた。山中一郎は長い付き合いの親友、本庄一哉にさえ疑念を持っているのだ。急死する一〜二年前には心臓に何らかの変調をきたしていたのであろう勇の近くで、多くの時間を共有していたのは間違いなく本庄だった。製薬会社勤務という仕事柄、世の中には知られていない、或いは未承認の薬剤や素材を、調合、服用していたかもしれないと、彼は考えているようだ。新薬開発部のチーフをつとめる本庄一哉は、その道の優れた専門家でもあった。

三月下旬から四月の初めにかけて、二、三日毎に風雨に弄ばれ続けた今年の桜は、ゆっくり愛でる間もなく早々に散り終えてしまった。今日も一昨日も五月になってからは快晴の日和はほとんど望めていない。このまま梅雨に移行するのだろうと、心は重く沈んだ。年齢を重ねるにつれて、巡り来る風物詩への執着はより増してゆくようである。

山中は四月の最終週には、城田氏とアカネさん兄妹の生家をつきとめていた。二人の両親は共に四十年以上も前に死亡していたが、終戦直後から昭和四十年代半ばにかけて、大阪湾に近い堺市龍神橋町で付近一番の茶屋を経営していたのだった。終戦前、大空襲に遭うまでこの辺りにも遊廓が拡がっていたというから、城田氏夫婦やアカネさんが『しあわせ市場』で出店したのは、誰か置屋関係者の仲立ちがあったのかもしれない。

五百坪（一六五〇㎡）ほどもある茶屋の跡地には現在、直線的な幾何学模様を外観や内装に配したアール・デコ様式のフランス料理店『シャンソニエ』が営業していた。店のオーナーは世間でいう小股の切れ上がった年配の女性であったそうである。十歳前後で流行病により親と兄弟を失くしてからは、遠縁に当たる兄妹の両親に引き取られた。彼女は、城田氏やアカネさんもよく憶えていて、イサムを負ぶって寝かしつけたことなども山中に告げている。

「オーナーが口から出まかせを言っているとは思いませんが、何か他にあるような気がしてならないのです。やはり近いうちに彼女に会いに行きましょう。子ども時代の勇さんの違った面を訊ける唯一の人でしょうから。不思議なことに彼女の話の端々から、アキヨさんをよく知っているような、しかも、好意的な感じを受けました」

オーナーに心当たりなどあるはずもなかった。物心ついて此の方、家族にも公安関係や諜報員らしき人との係わりはなかったし、堺市周辺の親戚筋や友人、知人について一度も聞いたことがない。

梅雨を男性と女性になぞらえるようになって久しいが、今年の雨の降りは、その男性的な梅雨の典型でもあるようだ。午前中は比較的明るかった曇り空も、雲行きがあやしくなるや否や大きな雨粒が瞬く間に勢いを増して、土砂降りは今も猶、二時間ばかりも続いている。こうした豪雨には五月の下旬から三〜四日置きに数時間みまわれているのだった。

お客の足が途絶えた午後三時、本庄一哉が全身濡れ鼠になって回転木馬に飛び込んできた。山中は小一時間ほど前に、今、目の前でずぶ濡れになって立っている本庄と会うために、約束の場所へ出かけて行ったのである。

「いやぁ、落ち合う場所を互いに勘違いしていました。いつもの所で、と確かめもせず了解し合ったのがいけなかったなぁ。時間に来ないからケータイにかけてみると、奴は神戸三宮の行きつけの店に上がり込んで、名物の明石焼きを食していましたよ。僕は梅田の小料理屋で待っていたのですがね。僕の家からその小料理屋までは地下街続きだから、傘を持って出なかったのもいけなかった」ハッハッハッと、彼はたのしそうに笑った。屈託のない人だ。裕福な家庭で愛情をかけられた、育ちのいい人なのだろうと思った。

程なく戻った山中と三人、奥のテーブルで向かい合った。

本庄は臆さず照れもせず、濡れた服のかわりに山中の白シャツや黒いベストやスラックスなど一式を平然と身につけている。山中のほうがごつくて上背もあると思っていたが、身体に沿っているところを見ると、二人は同じような背恰好なのかもしれない。

「何か、僕に不信感があるのでしょう」と、本庄は私の顔を見た。「誤解だよ」と、今度は山中に向き直って口を開いた。

彼は私たちが所帯を持って二年目くらいの早い段階で、勇の異変に気付いていたようだ。急に習慣や嗜好が一八〇度ちかくも変わってしまったのが、どうしても解せなかったのだと言う。社員食堂での好みやカラオケへ行った時の選曲、歩く速さや休憩時間の過ごし方など、些細なことをあげればきりがなく、そんなことよりなにより、まったく海の中へ入らなくなったのには、天と地がひっくり返るほどの違和感があったのだと言った。例年通り夏の休暇を取って、いつもの顔ぶれで遠出はするものの決して泳ごうとはしなかったようである。また、定年が近づく頃には、膨大な医学系書物を保管する開発部に頻繁にやって来ては、心臓移植や麻酔薬や鎮痛薬等の専門書に熱心に目を遣っていたそうだ。

「でも、利き手の変化には気がつかなかった。動機も謎ですね。城田さんに、そんな大それたことが出来るなんて、僕には一連のすべてにおいて、まったく理解不能です」

「二十年以上も傍にいながら、入れ替わりがわからなかったなんて、私って相当なぼんやりやね。悪だくみにまんまと引っ掛かってしまったようです。情けなくて、腹を立てる気持ちにすらなれないの。まだ、信じられない」思わず本音が口を吐いた。

「悪だくみとは限らないでしょう。アキさんを思ってのことだったのかもしれません。五十年以上も前に姿を消したときにも、婚姻後二～三年で双生児が入れ替わったのも、アキさんに纏わる、やんごとなき理由があったからかもしれません」

山中の言葉は、乾いてひび割れた大地に恵みの雨がしたたるがごとく浸透していった。二人の勇は重なり合って表裏一体、鮮明に一つになっていたのだった。一人でも、二人いても、イサムは勇。どちらも掛け替えのない存在に違いないと素直に思えたのである。

考えてみれば、私が珈琲館開店の話を聞かされた時点ですでに、本庄一哉と山中一郎、タケシくんカヨちゃん夫婦の四人の間で、勇の死因をはじめとする諸々の疑念に対する話し合いがなされ、解明への手順は詰めの段階に入っていたのだろう。四人のお膳立てに、まんまと乗せられてしまったようだ。

本庄との行き違いのあった大雨の日の数日後、山中はシャンソニエのオーナーに電話で、今月中の少しでも早い日時で面会を申し入れたが、日時は追って連絡するからと、いちおう来月の中旬頃で話は落ち着いたようである。六月はジューンブライド。シャンソニエでは披露宴が目白押しなのかもしれない。オーナーに会えるのが楽しみだった。イサムを知っているというだけで、その見知らぬ人に親近感があった。

小糠雨降る日曜日、買い物に出た南のデパートの食料品売り場で、ばったり山中に出会った。常に身近にいる人と思いもかけない場所で出くわすのは、咄嗟の言葉に窮するもののようだ。訳もなく笑いながら言葉を探していると、
「どうですアキさん、これから僕と長居公園へアジサイを見に行きませんか。見物に今日の雨は名脇役だと思います。おむすびを買い込んだので、良かったら一緒に食べましょう」何のこともなく彼は天真爛漫にそう言った。

雨の中でおむすびでもないだろうに。でも、アジサイの五色にも八色にも咲き競う、今が盛りの艶やかな風体が目に浮かんで、すぐさま頷いていた。

多種の運動施設や文化施設を併設する長居公園内の奥まった場所に植物園は

あって、その植物園のいちばん奥のエリアにアジサイ園は開設されている。十年ほど前に一度行ったことがあった。その時には横に勇がいた。

メトロを降りて三十分以上は歩いただろうか。肩で息をする我が身が畳みかけるように年齢を意識させた。山中の趣意に反して、そぼ降る雨は上がっているが、まだ降り足らないのか灰色の雲の下、不快指数は八〇％を軽く突破していると思われた。

たどり着いたアジサイ園の案内パネルには、高低差をつけた園路の外観と、三八〇〇㎡ほどの敷地内に約三十品種、六千二百株の苗が植樹してあることなど記してある。小花の集合体に見えるガクのそれには、珍しい星型やハート型、ダイヤ型、渦巻き状のもの。色合いもピンク、水色、紫、白、などの見慣れたものから、ベージュ、濃い緑、レンガ色、黒みがかったシルバー色まで、多種多様なアジサイの展示が為されているそうだ。

小高い丘のてっぺん目指してゆるやかな坂道を行った。両側斜面のアジサイの群れは大きな頭をもたげて何やらひそひそ、そよ吹く風に揺れている。

ほぼてっぺん付近で、頑丈そうな造りの茅葺き（ふう？）の東屋に行き当たった。

「そろそろ、昼飯にしましょうか」

ウェットおしぼり、紙コップ、ペットボトルの緑茶三〇〇㎖三本、バナナ、チョコレート、駄菓子類の袋、先ほどのお結び十個。他に、夥しい数のポケットティッシュ、タオル数枚、ロープ、寝袋、懐中電灯、大判マフラー等々。

「おむすび以外は全部、外出時には必ず持ち歩く常備品です。少し重いですがね」

山中は次々に、リュックの中の品を東屋の煤けた石のテーブルの上に取り出してから、いちばん底にある冷凍保存用のビニール袋をひらひらさせて、「これにはゴミを」と、彼らしいユーモアと用意万端ソツのないところを示して、笑わせた。

「本庄さんとは同い年でしょ、幼馴染なの。妹さんが嫁いでいるなんて理想的やね。妹さんはお幾つになられるの。ご兄弟は二人だけ」満腹すると、体内に滞っている不確かなモノを吐き出したくなるのか、矢継ぎ早に質問を浴びせていたのである。

「妹の次子は今年四十七です。僕を頭に年齢差が三歳ずつある四人の兄妹だったのが、長女と次男は病と事故で三年前に相次いで旅立ちました。早くに両親を亡くした僕らは、ずっと四人だけで生きてきた。二人の死は両手をもぎ取られるに等しい痛い辛い喪失感でしたが、次子がいるから決して弱音は吐けない」

両親の死亡時、わずか六歳だった末の妹を兄姉三人は、小さなヒナを手のひらで温めるようにして大切に育んだ、と、彼は言った。

「本庄に娶ってもらって、何も言うことはありません。男気のある、いい奴です。夜釣りで出会って、かれこれ十四、五年の付き合いになります。僕の方はずっと独身ですがね」

早口でするする家族について初めて口にしたのだった。

東屋の側を水音が聞こえてきそうな勢いで小川がさらさら流れていた。身を乗り出して流れゆく先を追ってみると、左下方向の池の中に注いでいるようである。池の周りは群生するアジサイのコバルトブルー一色に染まっている。

ふと、山中のデザイン画が頭をよぎった。ここまで潔く青い、アジサイには珍しいこの種の青を、彼なら作画には色付けしないだろう。出版社が主催する、毎年六月に募集締め切りの、着物デザイン画コンクールに彼は作品を応募していた。中間色を主体に、ボカシを駆使した幻想的なデザインが彼の持ち味である。若い時分に学んだ加賀友禅特有の写実的な伝統技法とは全く趣を異にするものであった。

「もしかして、今年のデザイン画の応募は見送ってしまったの。私の問題で手間取って、間に合わなかったのなら、本当にごめんなさいね」

「ああ、それなら、一昨日に投函済みです。肩肘張らずに気楽にやっていますよ。気持ちのメリハリのための応募ですから欲はありません」

彼の画には衒いがない。重なり合う中間色のバリエーションや濃淡が、儚ならぬ人の世の悲哀や、移ろう季節の無常を想わせて、見るほどに目が離せなくなるのであった。いずれ、この分野で世の中へ出て行く人に違いないと思っている。

結局、シャンソニエのオーナーに会ったのは、七月の半ば近くになっていた。

西大橋でメトロを降りて、なにわ筋の西側、北堀江の老舗料亭へ山中と出かけて行った。

二階奥の真新しいイグサのいい匂いのする八畳間で、自己紹介を兼ねた初対面の挨拶を手短に交わしたあと、山中はいきなり、

「さあ、まずは深呼吸。力を抜いて。はーい、楽にして。では、ラジオ体操第一です」

素っ頓狂な声をあげたかと思うと、大げさな身振りでラジオ体操を始めた。

思わず、オーナーと顔を見合わせて吹き出した。彼の突飛なサービス精神は見事に功を奏して、八畳間の空気はふんわり和らいでいたのである。

シャンソニエのオーナーは、白髪交じりの豊かな髪を小さく結い上げて、花紺無地の絽の着物に水色の半襟。シャリ感のあるベージュ色の帯を太鼓に巻いた、九十代とは信じがたいボーイッシュな印象の人であった。

「アキヨさんは想像していたとおりの方でした。イサムさんやツトムさんに長い間かかわってくださって心から御礼申し上げます。誠にありがとうございました。二人はあなたを心から慕っておりました」彼女は深々と頭を下げた。

初対面にもかかわらず親しげで丁寧な言葉づかいや振る舞いに、泣きたくなるような色濃い郷愁をかきたてられた。この人はいったい誰。

「双生児の二人が入れ替わったのは真実です。わたくし、恥ずかしながら生きながらえて一部始終を見てまいりました」

城田氏夫婦の嫡男として戸籍上記載があるのは、心臓に病のある弟のツトムだった。イサムの方は母親の兄の次男ということにして、出生日を半月早めて届け出たのだと言う。

「特殊な任務に携わっていたから、我が子が巻き込まれるのを極力警戒したのでしょうね。双生児は、あの種の上層部にとって、使い出のある格好の素材になるようでしたから」

ついに通達された日本での任務に、病の子どもは足手まといになるからと大義名分を掲げて、大陸の実家に残したまま夫婦だけで日本へ渡った。が、実際は母親の兄が別のルートで、夫婦の日本到着とほぼ同時に双生児を城田氏の竜神橋町の実家へ送り届けていたのだった。弟のツトムは『しあわせ市場』とさほど離れていない竜神橋町で成長していた。

「ダンプとの衝突事故は、仕組まれたものだったのですか」

あの事故がなかったら、イサムが消えてしまうこともなかったと何度も考えた。急に消えてしまったのだから、いきなり姿を現すかもしれない。今日こそ教室の机の前に座っているに違いない。淡い期待を抱いて、毎朝一目散に登校した。

「あれはまったくの交通事故でした。赤信号で減速したダンプカーに、車線をまたいだ自転車が突っ込んだの。はじき飛ばされたところを後ろから来た乗用車に撥ねられた。誰の目にも非があるのは自転車だった」

夏休みの最終日、御堂筋の四車線全線に車の長い列ができて神経を逆撫でするクラクションが、そこかしこでやたら鳴っていた。注文の豆腐を納入時間に間に合わせようと、イサムの父親は車の間を縫って走っていたに違いない。

「それでイサムはいったい何処へ行ってしまったのですか。どうして急に消えてしまったのですか。いつでもずっと一緒だったのに、何も言わずに何故ですか」十二歳の私が泣いている。ふと、イサムは今もどこかに隠れているのかもしれない、と、思った。

「イサムさんも同じように考えたでしょうね。どうして自分が姿を消すのかと。でもね、警察の発表を鵜呑みにはできません。偶然の事故か、仕組まれたものなのか、判断は幾つもの資料とモンタージュ写真を照らし合わせて慎重に結論付けなくてはいけません。もし計画されたものなら、身近なすべての人たちの生命も危ういのですからね」

ひとまずイサムを竜神橋の家に隠した。イサムとツトムは、すぐに打ち解けていたという。掻い摘んだ説明だけで二人とも事情を呑み込んだようである。二人の方から過去や現在の詳しい状況について、あらためて説明を請われる事はなかったそうだ。

「それからの竜神橋町の二人には、互いを分かり合うための時間が流れました。いえ、正確には、アキヨさんに関する諸々を兄から聞いて、ツトムさんが熟知していったのです。イサムさんは何年経とうが何十年経とうが必ずあなたに会いに行くつもりでいた。双生児の弟とも会ってほしいと考えた。いつの日かすべてを明かして、本当の自分たちを知ってもらいたかったに違いありません」

一年後、イサムは海外の某兵学校へ特別枠で入学することになった。二人が同時に人の目に付くことだけは避けたい、念には念を入れた苦肉の策だったようである。

　兵学校は寄宿舎制の大きな組織だが、事前に届け出さえすれば有事でない限り一週間程度の帰国はいつでも認められたし、郵便や電話電信のやり取りにも基本、制限はなかったというから、送り出す側には少なからず安心感があったのかもしれない。

　イサムが兵学校へ入学するまでの一年間は、二人にとって物心ついて以来、兄弟水入らずに過ごした唯一の貴重な時間になった。この後もそれまでも彼らは、光と影のようにのみ存在した。海外に渡ったイサムにツトムは日本の社会情勢や日々の出来事を、二、三日おきに手紙や電話で逐一報告したのだという。イサムは教育課程修了後も学校にとどまって、二十年余りものあいだ教鞭を執った。

　クラス会に現れたのは、たぶん離婚した私を思いやってのことだろう。もしかして、私の実家へ会いに来たのは弟のツトムの方だったのだろうか。正確には何時、入れ替わったのだろう。本庄一哉は私たちが所帯を持って、二年内外の早い段階で勇の行動に違和感を持ったと言った。彼が二十二、三歳で製薬会社に入社当時、初対面の勇は三十五、六歳。遠泳をとおして親しくなったと双方から聞いている。が、その時期、イサムは教官として海外勤務していたのだから、製薬会社には弟のツトムが勤めていたのかもしれない。なら、夏に本庄や数人の仲間内で海へ行っていたのは、いったいどちら。毎年、兄がわざわざ帰国して遠泳に参加していたのだろうか。心臓の悪い弟に水泳は耐えられないはずである。辻褄を合わせようとすると、限りなく疑問符が付くのだった。

「これだけはアキヨさんに、どうしても知っておいてもらわねばなりません。イサムさんは飛行機事故で亡くなってしまったの。あなたたちが岬町の新居で暮らし始めて間もなく事故は起こった。憶えていないかしら、新薬紹介のため英国へ二日間出張したのを。実は兵学校からの呼び出しだったの。要件は退校時の書類上の単純な不備で、明らかに学校側のミスだった。本人確認と自筆サインが必要だったの。イサムさんは何のこともなく出かけて行ったのだと思います。すぐにあなたの待つ岬町へ戻るつもりで。帰りの離陸直後の飛行機がエンジントラブルで火を噴いたのです。火災はすぐ消し止められましたが、エンジン近くの座席の三人が亡くなった。その一人がイサムさんだったの。さぞ、心残りだったに違いありません。何も言わずに二度もアキヨさんの前から姿を消すなんて不本意の極みだったことでしょう。二度も裏切れない。ツトムさんが、あなたの元へ行ったのです」

　スミレの花に似たその人は、水色のハンカチで溢れる涙をぬぐった。

「二人とも、あっけなく逝ってしまったの。父親と同じように。無慈悲なものですね」

　山中は、むせび泣いている。涙もろくて、おしゃべりで、面倒見がよくて、その頑強な身体で地の果てへまでも一っ飛び。彼はスーパーマンか月光仮面か。私にとってはまさしく百人力のヒーローであった。涙でグショグショになった強面に言い尽くせない感謝が込み上げた。

「アキヨさん、二度と私に会おうなんて考えてはいけませんよ。この場限りです。どうか、この先もお健やかでいらしてくださいね。お会いできて嬉しかった。もう、何も思い残すことはありません」

　少し休んでいくから、と言うオーナーを残して山中と二人、料亭を辞した。

梅雨の名残の雨が今しがた通り過ぎて行ったにちがいない。歩道も車道も人も車も街路樹も、しっとり湿ってみずみずしく、生まれ変わったように生き生きとして見えた。

「どうしたの、ずっと黙りこくって。少しも助け船を出してくれなかったのね」

「お二人の阿吽の呼吸に口をはさむのは無粋というものでしょう。それにしても、人生っていうのは一筋縄ではいかない。実に厳しい。ほとほと感じ入った次第です」

帰り道、なにわ筋を北へ歩いた。西大橋の交差点を東へ横切って、一直線に伸びる長堀通りをキョロキョロ、何一つ見落とすまいと辺りに気を配った。ほぼ五十五年前、この付近から東へ御堂筋未満にかけては、『しあわせ市場』の子どもらのテリトリーだったのだ。

細長い有料駐車場に様変わりした一帯には、当時、長堀川が流れて、山から切り出して日の浅い保存目的の大木が幾つも浮かんでいた。いたるところに材木を扱う商家があって、カンナクズやオガクズの香ばしい、いま思えば確かに、衣類に焚きしめたくなるピンとした清潔な香りで満たされていたのだった。

もう少し先の四ツ橋筋を渡った角に、現在は梅田で営業する電気科学館が周りを見降ろすように直立していた。子どものささやかな小遣いでも賄える安価な入場料のプラネタリウムへは、とりわけ夏休みの退屈な午後にイサムやカヨちゃんや、友達十数人で束になって入場したこともあった。春夏秋冬、時間の経過により移り変わる満天の星座を案内する、いつもの中年男性の名調子を皆が少しずつ分割して真似たものだ。

——さあ、だんだん東の空が暗くなってまいりました。初夏の夕方、子午線を通過する大熊座は、ギリシア神話の最高神ゼウスの妻ヘラの嫉妬によってクマに変えられた、ゼウスの恋人カリストの姿を象徴しております。ヤキモチは怖いですねぇ——

長堀川をはさんだ向こう側には、大阪市中央消防署の建物がデンと構えていた。毎新年の出初め式の日には数台の梯子車から、七色の水が華やかな水しぶきをあげて長堀川むけて放たれた。長く伸ばしたそれぞれの梯子につかまって、隊員らの数種のアクロバット的なパフォーマンスも披露された。イサムは校庭のポプラの木に上がって消防隊員さながらの懸垂や逆上がりや前回りを、すました顔で何度も演じて見せたのであった。

日暮れが近いようだ。薄紫色の帳が降り始めた。西よりの潮風がゆるり頬を撫でて行く。四ツ橋筋の信号が変わって、メトロの地下道口から吐き出された人々が横断歩道を歩き出した。と、その中に、記憶の底にあるイサムの自転車が。親子かもしれない二人連れの後ろ姿に目が釘付けになった。

横断歩道を渡り終えて振り返ったイサムと勇が「今度こそ、さよならだよ」二人の唇が同時に動くのをはっきり感じた。二人はもういないのだ。

都会の夕暮れ時は人恋しい。喧噪も幾分おさまったラベンダー色の空間は、否応なしに独り身の寂しさをひしひし想わせる。

「アキさん、これから、思いっきり贅沢な飛びっきり美味いディナーに行きましょう」

初めて山中の腕につかまって歩いた。


（了）

誤差

一、失踪

雪がおちてきた。積もることのない大きな牡丹雪だった。この地方にはめったに降らない十二月の雪。暮れかかる舗道に音もなく落ちては消える、はかない命をあわれに思った。顔をおおうほどにコートの襟を立てた女はタクシーのドアが開くなり「どこか、ＪＲの駅までおねがい」そう言いながら、うつむきかげんに乗り込んだ。少しでも早く遠くまで行かないと。いそいで。

真由子がいなくなって二週間になる。本庄一哉は懇意にしている探偵社に頼んで行方を捜しているが、これまでの二度ばかりの報告では何の手掛かりも知らされていない。真由子とともに百万ほどの現金が本庄の家から消えていた。

某製薬会社の新薬開発部でチームを束ねる本庄と、数十年前に探偵社を立ちあげて総勢五人ほどの所帯ながらそれなりの収益をあげる興信所の社長西脇雄一郎とは、月のうち一～二回は連れだって居酒屋へ足をはこぶ気心の知れた仲だった。二人は脂の乗り切った五十代半ばである。彼らはひょんなことから顔見知りになった。魚釣りを趣味とする本庄が、小一時間あるいは半日ほどもかけて出かけて行った釣場で偶然にも何度か西脇と出会った。それは太刀魚の夜釣りだったり黒鯛獲得のための小島へわたる渡船の中だったり港ちかく海に突き出た波止の上などの出来事で、たぶん西脇も本庄同様、新聞の『釣り情報』を頼りにやって来たにちがいなかった。が、こうも予期せぬ出会いが重なると、あたかも旧知の間柄であったような錯覚に陥るものだ。どちらからともなく掛けた言葉は何の気負いもなく二人を近づけた。その後も同じような状況で顔を合わせた。プライベートな話をするようになるまで、そう長くはかからなかった。

あれから五年余りが過ぎている。十二月に入ると街は俄かに活気づいた。クリスマスソングのながれる心斎橋筋のアーケードの中を、往来人は幾分早足になって少し華やいだ面持ちで何処かへ急ぐ。今日は金曜日。クリスマス・イブ。午後七時を回ったところだ。本庄と西脇は馴染みの店の隅の席で向かい合っていた。一流店にも劣らない新鮮な魚料理を提供しながら明朗会計で知られるこの大衆酒場は今宵も五、六十代を中心に勤め帰りのサラリーマンで満席だった。昔懐かしい演歌のながれる店内にはコミュニケーション豊かな昭和の呼吸が飛び交っていた。

「女のことは、あきらめたらどうだ。どこへ雲隠れしたのか髪の毛一本みつかりゃしない。こんな仕事をしていると色んな女を目にするものだ。ヤバイ社会の女かも知れないな。現金以外に無くなった物もないようだし、警察に届けないつもりなら、このまま無かったことにする方が無難だと思うが」

「ああ、そうするつもりだ。とんだ食わせ者だったようだ。知り合いの派遣業者をとおして来たから信用していた。三年もの付き合いになる。エリ子にも良くしてくれたし」

「奥さんが亡くなってから一年余りだよな。ざっくばらんな楽しい人だった。何度も美味い手料理をごちそうになった。あんなに若くして逝ってしまうとは神も仏も無慈悲なものだな」西脇は我がことのように険しい表情をうかべた。

釣りあげた魚を二人して本庄の家に持ち帰ると愛想よく出迎えた妻のエリ子

は、まだぴくぴくする数匹を手際良くさばいて和洋折衷の品を二、三こしらえた。日本酒や焼酎と大皿に盛った出来たての料理を前にして三人は、社会や政治や人生や愛について埒も無く語り合ったものだ。西脇は終始、笑顔で饒舌だった。時間的に不規則で合法すれすれの仕事をする独り身の男にとって気が置けないひと時だったのだろう。

「そろそろ出よう。席待ちの客が大勢いる。並ばれると気がせいていけないよ」先に立って勘定をすませた西脇は「もう一軒、行こうか」ふり返りながら言った。

「いや、今日はやめておくよ。どうも酒の回りがはやいようだ。帰って眠ることにするよ。週明けからの三日間を前もって押さえておいたから、今日が今年の仕事納めになった。年末年始は温泉に浸かってのんびり過ごすつもりでいる」

二人はアーケードの中で北と南に別れた。それぞれの住まいへと運ぶ私鉄電車のターミナルへ向かって歩き出した。クリスマスケーキの四角い箱が飛ぶように売れていた。

なぜ真由子は姿を消したのだろう。繰り返しても答えの出ない問いが、本庄の頭の中を再び堂々巡りし始める。

――金が必要だったのか――そうは見えなかった――知っていれば百万以上の金も用意した――エリ子に精一杯尽くしてくれた――退職金として渡しても惜しくはない額だ。

すると、いつの間にか二人が重なり合って同一人物であるような気がしてならなくなったのだ。ばかばかしい、だいぶ神経がやられている。グァーン、グァーン頭の中で機械音がこだました。この一週間ろくに眠れていなかった。

真由子が本庄の家に出入りするようになったのは、エリ子の病がわかった後のことだ。

極めて悪性の急性リンパ腫であると診断が下ってから、しばらくして打つ手がないと宣告された。「痛みがひどかったら薬をとりに来てください」目も合わさずサラリと言う医師に、このヤブ野郎、心のなかで悪態を吐いて地域一番の大病院と縁を切った。エリ子と乗った帰りのエレベーターの中に、あの日、派遣会社社員の多田も居合わせたのであった。

勤務する製薬会社の人事課に十日に一度くらいの割合で足繁くやってくる多田を、ハイエナのような男だと本庄は常々思っていた。悪賢い、執念深いというマイナスイメージではない。ともかくパワフルに動きまわる。各部署への挨拶を怠らず、斡旋した一人一人に面会して不都合がないかどうか気を配って歩いた。ユーモアのセンスにも長けていて人を元気づけることにかけては、とりわけその才を発揮した。看護師、薬剤師、栄養士、調理師、賄いさん、仲居さん、警備員、運転手など、色々な職業の何らかの理由で失業している働く意欲のある多くの人材を適所へ送るために、目ざとく人手不足の病院や企業や公共の施設などを見つけては、パソコン上のやり取りだけでなく出向いて行って熱心に交渉する。この男の仕事に対するひたむきな姿勢が、自分の立ち位置に忠実で仲間意識の強いハイエナを連想させるのだった。彼はその敏腕を買われて次期役員に推挙されていた。

「昼ごはんにでも行きましょ。さぁ、元気だしなはれ」多田はこちらの事情を知ってか知らないのか、近くに手ごろな価格の美味いスシを食べさせる店があると言って先に歩きだした。ビルの展望階にある江戸前寿司『お多福』は、竹を複雑に編み込んで丸く形づくった小ぶりの出入り口と、竹製のカウンター、畳を敷いたスペースにも竹の編み込み模様の衝立を間仕切り代わりに置いた、素朴な感じの店だった。所々にある大小さまざまな形の花器には無造作にぽいと笹の枝が入れてあった。

席に案内されて一息ついたところで多田は「レジに座っていたおかみさん、福々しい顔してはりましたやろ。縁起がいいとあの顔に惚れ込んでここの店主、後妻に来てくれるよう長らく日参したらしいですわ。その甲斐あって嫁に貰ってから店は大繁盛。屋号もお多福にかえて、支店をぎょうさんこしらえて、おなごはんもぎょうさんこしらえてはる、そんな噂です」冗談とも本当ともつかない話にエリ子は声をたてて笑った。久しい笑い声だった。本庄は病の経過を事細かに多田に話して聞かせた。

「ようわかりました。家で養生しはるんやったら、本庄さんのところの九五%やら九九%安全とされる認可前の薬を使ってみたらどうです。自然食品や民間療法にもいいのがあると聞くし、あっ、早急にそっちのほうは調べておきます。とにかく藁をもつかむ気持ちでやってみんことには、病気をやっつけることとなんてできませんで」

本人を前にして随分はっきりものを言う男だと思った。エリ子は平気な顔をしている。本庄には認可前の薬品を服用させる気持ちなど毛頭ない。開発部で扱っているなかに、これまでにない効果をみせるものもあるにはあったが、如何せん今までの薬にも増して副反応が強いのである。これ以上、エリコの身体に負担をかけたくはなかった。様変わりする姿も見たくはない。それに、完治するとは限らない。

「さてっと、あっ、そうそう、家政婦さんが必要ですな。奥さんの話し相手にもなる、妹みたいな人。どうです」多田の言葉にエリ子は、えらく乗り気になって頷いていた。早くも次の日、家政婦の真由子が本庄の家に現れたのである。

食事の終わるタイミングを見計らってお運びさんが置いていった上がりを、本庄の舌はひどく渋いものに感じて少しのあいだ咽にもっていくのをためらった。総ガラス張りの窓の向こうに広がるパノラマは春霞にくもって、二羽のトンビがくるりくるり輪を描いて戯れている。ピイ・ピイ・ヒョロロ、ピイ・ヒョロロ。今にも甲高い声が聞こえてきそうだ。何がそんなに嬉しいのやら。

この日から二年ほど経ってエリ子は旅立って行った。十年足らずの二人の生活だった。

私鉄の最寄り駅から十二〜三分歩いたところに本庄の自宅がある。道すがら所々には大きな田畑が二〜三残っており、十二月の今時分なら収穫を終えてがらんとした田んぼと、畑にはブロッコリーやカリフラワー、ほうれん草や大根などの冬野菜が日増しに緑の葉を濃くして瑞々しく育っている。土を抱えて確と根を張る植物の旺盛な成長力に元気をもらったり慰められたり。通勤の行き帰りに横を通るのが楽しみだった。

いつもより長めの入浴をすませて、いつもは服用しない睡眠導入剤を流し込んで本庄は夜具にくるまった。三十分もすれば効き目があらわれてくる。枕の位置を何度も変えながら、西脇が言っていたヤバイ社会の女と声に出してみた。――いや、その手の人間なら申しわけ程度の現金だけを持っていなくなるはずはない――財産のすべてを狙ってくる――一緒に暮らすつもりでいたから通帳や実印、株券、土地関係の書類の在り処も話してある――この年末年始には二人で温泉地に逗留するつもりだった。

エリ子が逝ってからも一年余りのあいだ、つい一週間前まで真由子は本庄の家に通ってきて、変わりなく家事全般を丁寧にこなした。失踪する少し前に二人は深い仲になっていた。

眠りがやってきたようだ。意識は奈落の底へと急降下し始めた。奈落の入り口で西脇と多田とエリ子と真由子の四人が向かい合い、手を取りあって丸い輪になっている。安堵した本庄はその中へ、燃えたぎる眠りの底へ落下していった。本庄一哉は天涯孤独の身の上である。成人する少し前に母親を亡くしてからは世の中に身寄りのない淋しい人間だった。

二、旅路

女は人混みの中を歩いていた。

手近にあるものだけ持って飛び出してはきたが何処へ行くあてもない。今ならまだ戻ることが出来る。身の処し方を定められないまま、昨夜はシティホテルに一泊した。でもやはりこれ以上、真心のある人を踏みにじるわけにはいかない。

兄妹四人で故郷を出てから四十年近くも経っていた。海を見下ろす山間の誰一人として知った人は残っていないだろう、ちっぽけな村に帰ってみたところで生活の目処が立つとは思えない。遠く都会の雑踏にまぎれた方が容易く生きられる。うき草のような生活には慣れていた。それでも女は、能登半島の最果て珠洲禄剛崎ちかくの集落、狼煙を目指すことにした。少しの間、家族そろって暮らした土地であった。

運よくたまたま空席のあった長距離バス『金沢行』に大阪駅から乗りこんだ。関ケ原付近で落ちてきた雪は福井の駅前を過ぎるあたりから強い風にあおられて凄まじい降りになっている。かろうじてわかる外の様子は対向車のヘッドライトの暖かな光とワイパーのせわしい動きくらいだった。バスは遅遅として進まず、運転手はマイクを通して金沢駅前への到着が大幅に遅れることや、他の交通機関の状況、北陸地方の天候等を伝えた。有線放送は何十年も前に流行った物悲しいフォークソングを流している。姉がよく口ずさんだ曲だった。いつの間にか刷り込まれている歌詞を女の唇はなぞっていた。

女は名を山中次子と云う。

男女二人ずつ三歳間隔に年齢差のある四人の兄妹は、一郎、長子、二郎、次子、と、まるで仕分け番号のように名付けられた。姓のほうも山の中に住居があることから何代か遡った先祖が、いとも簡単に山中としたのだろう。

アルコール中毒寸前の父親と大雑把な母親。父親は足を引き摺りながら家の横のわずかな段々畑で家族が食べる分だけの野菜を熱心に育てた。かつて父親は腕のいい漁師だった。小魚の大群が近海に押し寄せていると聞いて、天候があやしかったにもかかわらず、漁師仲間とそれぞれの小型船で海に出て行った。急激に発達したモンスーン。雷に直撃された父親の船は炎を上げて転覆した。父親の右手首と右足首から先も船と一緒に海にもって行かれた。命のあったことが奇跡だと村人たちは皆言う。母親は送り迎えのマイクロバスで缶詰工場へ仕事に出ていた。家事はほとんど何もしない。無理はなかった。工場の魚の解体作業は結構な力仕事であるうえに、午前と午後の二交代制のところ一時間の昼休憩を取るだけで、ぶっ通しで働いていたのだ。長子は毎朝、母親の昼食用に大きなおむすびを二つこしらえた。母親は毎夕、新鮮な魚を家に持って帰った。弟や妹や父親の世話はもっぱら一郎と長子の役目だった。掃除や洗濯や食事の支度も学校から帰った二人がてきぱきと済ませた。ただ、寒い地方の定式ともいえる屋根の雪下ろしや玄関先の雪掻きは、子どもの体力の限界を超えていたようである。身体が悲鳴をあげるのか、本人たちが辛いとも悲しいとも感じないのに涙が頬を伝って痕に幾筋もの赤いひび割れを刻んだ。時には血がにじみ出していた。

夕食時に欠かさず父親は手製の濁り酒を母親と自分のコップにつぎ入れる。

「母ちゃん、いつもごくろうさん。ありがとなぁ。ほんまにすまんことや。一郎も長子もよう働いてくれとる。下のチビさんらも利発な良い子や。おとお一人が不甲斐ないことでほんま、すまんなぁ。四人とも立派な大人になるんやぞぉ。道を踏みはずしちゃいけない。まっとうに生きてさえいれば、いい目も出るってもんだ」いつもどおりの泣き上戸の講釈が延々と二～三時間つづくのだ。母親は「あい、あい、そのとおりだねぇ」「あんたは心音のやさしい人やね」などと、いちいち相槌をうって父親が酔いつぶれて眠るまでつきあった。六人の家族は集落の他の家よりほんの少し貧しくはあったが、いたわり合って寄りそった。

高度成長の波も落ち着いた昭和四十年代後半、バブル景気に突入するまでには十年近くあったころ一郎は中学三年になっていた。卒業後は金沢市内の友禅染の染元に住み込みで働くことに決まっている。給金で少しは家族が楽できると一郎は心待ちにした。

七月。冬のあいだ雪に蓋をされていたような狼煙の集落にも力強い太陽がふりそそぐ。日本海に浮かぶ軍艦島（見付島）は、白亜の姿にみどり茂る木々の御飾りを頂いて寄せる波を従えながら、今にも珠洲の海岸へ上陸してきそうな勢いで凛々しくそびえ立つ。島をふくむ海岸線一帯は能登半島国定公園になっており、世の中が安定して国民の暮らしぶりが豊かになるとともに訪れる旅行客の数も右肩上がりに増えていった。古い時代の体裁を残す島の施設や海沿いの民宿は近代的な料理旅館に改装され、一郎たちの住居が立つなだらかな山一帯にはハイキングコースやキャンプ場が整備された。

日本中が酷い暑さに見舞われたその夏、北陸地方でも十数年ぶりとなる連続熱帯夜が記録されようかという寝苦しい夜半、

「火事だよ~裏の山から火があがった。ほれ、みんな起きて逃げるんだよ、ほれ、ほれ」母親は大きな声をあげて、子どもたち一人一人の肩をゆさぶっている。

「一郎は次子をおぶっておやり。それから三人ともつないだ手を離すんでないよ。これからもずっと手を取り合って四人で一緒に生きていくんだ。わかったかい。一郎、たのんだよ。弟や妹の面倒をしっかりみてやってな」

「なに言ってるんだ母ちゃん。はやく父ちゃんを起こしてくれよ。おいらが背

負っていくから。ぐずぐずしていたら火の手に巻かれちまう。なにしてんだよ、はやく」一郎は三人の手首をつかんだまま母親に怒鳴った。

「ともかくお前たちだけで先に逃げておくれ。後から父ちゃんを連れて外に出るから」強い口調で母親は四人それぞれと目を合わせた。

バリ、バリ、バリ、木造家屋の外壁の焼ける音がする。煙が部屋の中へ充満しはじめている。小さい次子が咳き込んだ。一郎は意を決した。年若い者らに口と鼻を覆うタオルをしっかり首の後ろに結んでやって、四人は一目散に家の外へと走った。長子も二郎も転びそうになりながらも握った一郎の手を離さない。次子もセミになって背中に貼り付いている。出入り口の引き戸をひいて、村人の知った顔が目に入ったとき、三人はへなへなと地べたに座り込んだ。声も涙も出ない。呆けたように顔をあげて宙に目をおよがせた。空が明るくなりはじめたころ家の何もかもが黒く焼けおちて、ようやく消火した。父も母もその中に在った。二人は並んで横たわって寄り添っていた。近くには、次子が夏まえに種を埋めて毎日欠かさず水やりしたアサガオの、昨朝はじめて水色の花を一つ咲かせた素焼きの鉢がひび割れてころがっていた。

出火の原因について、キャンプ場での火の不始末あるいは乾燥による自然発火とみて、事件性は無いものとかたづけられたが、火をつけたのは母親ではないかと一郎は思った。実際ここ半年、父親は長年患う糖尿病の悪化から転覆事故の右足には壊死がひろがり、医療機関から早急の切断を言いわたされていたし、身体も著しく衰弱して寝床に伏せたままの日々がほとんどになっていた。母親はよく、父ちゃん一人死なせるわけにはいかないと言っていたのだ。が、それは一郎の思い違いかもしれない。ただ確かに母親は、火の中から父親を連れ出そうとも、自分が逃げ出そうともしなかった。

十日くらい過ぎてから一郎は隣町の顔も見たことのない親戚の家にひきとられて行った。中学を卒業するまでの間そこから学校に通うことになった。長子、二郎、次子の三人は輪島市内の養護施設に保護された。十二歳と九歳と六歳だった。

次子の乗った長距離バスは三時間余り遅れて金沢駅前に到着した。雪は止んですでに夕闇がかかり始めている。今夜は市内に泊まって明朝、輪島経由珠洲岬周りのバスに乗車しようと思った。ここまでやってきた。急ぐことはない。まずはバスの降り際に年配の運転手に訊いた観光案内所へ行って宿泊所の確保である。空きがなかったらサウナのカプセルホテルがお勧めだよ、とも言っていた。歩き始めると寒風の中に潮の香りがした。都会では人いきれや排気ガスにかき消されて忘れていた海の匂い。父や母がいて兄や姉がいた次子の原点にあった匂いだ。何度か深呼吸した。道に迷ってうろうろしながら、やっと見知った風景を見つけて、ほっと胸をなでおろした時のような感慨があった。本庄一哉との出会いが別のものであったならと次子は彼の顔を想いうかべた。

「あの、もしかして、山中長子さんじゃありませんか。人違いだったらごめんなさいね」

「あっ、いいえ」

「やっぱりそうだ。私よ、同級だった狼煙村の山下留子よ。ほら、女ばかりの四人姉妹の一番下だった留子よ。お互い番号みたいに名付けられたって笑ったことあったじゃないの。ほんとにお久しぶり。おもかげが残っているから一目でわかったわ」

「私、長子の妹の次子です。山下さん、ご無沙汰しております。よく憶えています。姉は一年余り前に亡くなりました。リンパの腫瘍でした」

「えっ、そんなことって。お気の毒に。すみません、いらないことしゃべってしまって」

留子は目をとじて肩で大きく息を吐いたあと、次子の背中に腕をまわしながら「たいへんだったわね。辛かったでしょうに」涙ぐみながら顔を覗き込むようにして言った。

世の中の事象について次子の記憶にある最初は、あの火事の日である。それより前の出来事は紗がかかったようにはっきりしない。それでも、タンポポの白い綿毛の中から垣間見た光景の切れ切れには、赤いランドセルを背負って肩を並べる留子と長子がいた。お手玉、おはじき、あやとり。なつかしい玩具のそばに少女二人の顔があった。

「今日は、ご家族と観光にいらしたのかしら」

「いいえ、私、独身です。最近、勤めを辞めたものですから。気分転換に能登の岬めぐりでもしようかと思って。住んでいた山のあたりへも行ってみようかと……」次子は言いよどんで俯いてしまった。言葉を紡げば涙がこぼれ落ちそうだった。

「風が冷たいわね。ここで立ち話ししていたら凍えてしまいそう。お茶でもいただいてゆっくり話しましょうか」

留子は扉に純喫茶とある旧い造りの店へ次子を連れて入った。

「いらっしゃい。おや、久しぶり女将はん。聞くところやと『とめ屋』はたいそうな繁盛らしいですな。よろしいなぁ」

「おじゃまします。女将じゃなくて、もう隠居ですよ。息子夫婦はとんと頼りのうて、いまだに駆り出されています。マスターも変わりなくお元気そうで何よりです」

二人は出入り口から奥まった席に腰かけた。フロアのまん中に立つ天井に届かんばかりのモミの木は、色とりどりのクリスマスの装飾を身につけて発光ダイオードの青い光を点滅させていた。根元付近の床は丸くくり抜いてあって巨木が建物の地中深く根ざしているのが見て取れる。そういえば、扉の純喫茶の文字の下には緑の色で『great tree』とあった。床を這うように低く静かにクラシック音楽がながれている。

「いつものブレンドでいいですか」「ええ、二つお願いします。特製のチョコレートケーキも二個付けてくださいな」「承知しました」

身体が沈み込んでしまいそうにスプリングのきいたソファーの柔らかさに、次子はここ数日の張りつめていた気持ちが和らいでいくのを感じた。

「思う存分あの辺りを歩いてらっしゃい。宿泊する所もたくさんあるから。でもね、気がすんだら私のところに寄ってほしいの。約束してね」言いながら留子は名刺を取り出してテーブルの上に置いた。観光旅館・とめ屋とある。

「単刀直入に言うけれど、早まった考えはだめよ。どんなに辛い出来事も時間が粉砕機の役割をして邪魔にならない大きさに均してくれる。少しだけ辛抱すればいいの」

これまで次子の頭の中に、早まった考えが浮かんだことは一度もない。でも能登の岬に立って海を見下ろしていると、もしやその思いに捉われないとも限らない。留子の言葉を肝に銘じておこうと思った。けっして死にはしないと。

「私のところなら、どれだけいてくれてもいいのよ。嫁にいった娘の部屋が空いているから。半年でも一年でも休養して先のことを考えるのはどうかしら」

「ありがとうございます。親切に言ってもらって」

「そうそう、四年ほど前だったか集落周辺の土地を男二人が買い上げて回ったのよ。両親だけで住んでいた私の実家も相場よりうんと高い価格を提示して三日ほどで話をまとめてしまった。もうあの辺りに集落といえるものは残っていないのではないかしら。たしか、あのとき親の手元には、西脇雄一郎・多田啓司と記した連名の書類があった。職業柄、氏名だけは明確に覚えているの。何を造るつもりだったのか、すぐに基礎工事が始まったようだけれど二週間くらいで頓挫して長い間そのままにしてあった。ようやくこの夏、輪島の老舗旅館の別館が開業したの」

　顔から血の気の引くのを感じた。動揺を悟られまいと次子はうつむいてコーヒーカップに口をつけた。身体の小刻みな震えがとまらない。

「どうしたの、気分でも悪いの。顔色もよくないわね。お医者に診てもらいましょうか」

「いいえ、大丈夫です。留子さんに会って、きっと気持ちが緩んでしまったのです。何だかぼんやりして眠くなって。ごめんなさい」思いつくまま答えた。

「疲れが出たのね。早く休まないといけないわね」

留子はスマホを押して、知り合いのホテルの部屋をおさえた。通常、観光旅館や観光ホテルは急な得意客や諸用を見越して常時ひと部屋やふた部屋の空きは確保してある。業界同士でも互いに融通しあっていた。

「私のところより気が楽でしょ」次子の顔を見て確かめるようにしながら、マスターにタクシーの手配をたのんだ。車に乗りぎわ「約束、忘れないでね」肩に手を置いて念を押したのだった。

ホテルのある香林坊周辺の街路樹にはクモの糸さながらに張り巡らされたイルミネーションが、ファンタジックな雰囲気には程遠いエロスの香りを醸し出していた。

西脇雄一郎と多田啓司が土地を買い上げて回った……そう留子さんは言った。兄さんたちが狼煙のあの辺りを手に入れていたなんて少しも知らなかった。四年前なら姉さんの病がわかるより前だから、四人で住む家と横にレジャー施設か何かを造るつもりだったのだろうか。そんな計画が自分たちの間にあったような気もする。いつだったか二郎ちゃんが冗談めかして「次子以外は三人とも整形して顔を変えてあるから、二組の夫婦の共同生活ですと隣近所に言ってけば不審に思われない。兄妹だとバレないためには物腰にそれなりの演技力がいるだろうけれど、まぁ御手の物だろう」と、笑ったことがあったのだ。ばかだな、高い買い物をしてしまって。姉さんの病がわかって急いで土地を処分したところで買った値の半分にもならなかったに違いない。だいいち、一郎兄さんも二郎ちゃんも女心を少しもわかっていない。長子姉さんは本庄さんのそばを離れるなんてこと絶対にしないのに。自分が財産の一部を略奪する目的で本庄家に入り込んだアカサギだったことを御破算にしたかった。あのまま添い遂げることを全身全霊でねがっていた。なぜ、あんなにも一途になれたのだろう。沈着冷静な人だったのに。

やはり姉さんにはかなわない。

閉じたカーテンの隙間から、それとはなしに歩道を見ると、どことはなしに秘密めいた男と女が、腕をからませて身体を寄せ合って歩いてゆく。ここにも、あそこにも。なまめかしい夜の帳がおりてゆく。

火事のあと一郎と別れて三人は養護施設『どんぐり』で六年間生活した。そこでの暮らしは世の中に認知されているほど不自由でも自らを卑下するものでもなかった。ただ不自然なくらい、ありがとうございます、おかげさまです、かんしゃしています、等を教えこまれた。ともかく礼儀正しい良い子でなければならなかった。この習慣が大人になってからも色濃く残ったのが二郎の立ち居ふるまいである。

長子がどんぐりで高校を終えると同時に一郎は、金沢市内に見つけておいた借家に三人を呼び寄せた。その年の四月には二郎が県立高校へ次子は地域の中学校へそれぞれ進学して、長子は石鹼工場で働きながら薬剤師の資格を取得すべく大学の夜間部へ通った。ようやく四人はひと所に寄って自分たちの道を歩き出した。

加賀友禅の絵師としての一郎の技量は、わずか六年ほどの間に他の若手を圧倒するまでに上達していた。染元をとおして指名してくる客の数は古参の絵師にも劣らない。

加賀友禅は京都の友禅染や東京友禅とは異なり、図案作成から下絵、彩色、地染、水洗い（友禅ながし）、脱水、乾燥、仕上げ、に至るまでの大半を一人の友禅作家あるいは絵師が受け持つ。刺繡や絞りなどの技巧や光沢のある箔は使用せず、臙脂、黄土、藍、草、古代紫の『加賀五彩』と云われる明度をおさえた色を用いて伝統のモチーフ、主に草加模様を、ぼかし、虫食い（欠けた葉や落ち葉）等の技法で、どこまでも写実的に仕上げる。一郎の反物にはその見事な構図もさることながら、多用される臙脂の色づかいに定評があった。燃える炎の赤に、ほんの一滴イカ墨を落としたような紅葉色の臙脂には、そこはかとなく哀愁が漂って見る者の目を捉えつづけた。

仕事について十年あまりが過ぎたころ一郎に半独立の話が持ち上がった。というのも染元『まほろば』は、これまで呉服の縫製や販売は手掛けてこなかったが国内の好景気からくる需要の大幅な伸びにともなって、それらすべてをひっくるめた株式会社とすることにしたのだった。十六の齢から手元に置いて弟とも戦友とも思ってきた一郎を手放してしまうには忍びなかったのだろう、店主は「浅野川の上流にある、ここの三倍くらいの広さの土地を安く譲ると言ってくれる人があるんで、仕事場をそこへ移して、横に山中君のブランドの店舗を造ったらどうだろう」。三時の休憩に茶と菓子をすすめながら持ちかけた。まほろばでは、お抱えの絵師、一郎も含めた六人がフル回転で注文を捌いていたが需要の増えた昨今なるほど仕事場は手狭だった。人手のほうもあと二〜三人ほしい。店主は一郎の名前で販売した呉服や反物に対しての利潤の取り分を、これまでの四分六から七分三分にすると言った。七割の取り分は魅力的だ。それに浅野川の上流なら図案のスケッチに山へ入るのにも、反物の水洗いにも都合がいい。悪い話ではなかった。それどころか願ったり叶ったりの有利な条件である。

「土地と、仕事場のこまごましたものの費用はこちらで用意するから、山中君の店の建築費の半分、三百万ほど何とか都合できないかな」

「とても、とても、そんな大金持ち合わせありません」あわてて首を横にふる一郎に、「そうか、若いからそりゃそうだな。それなら違う方向で考えてみるよ」店主はうなずきながら「いい仕事頼むよ」一郎の肩をぽんと叩いて離れて行った。

学業を修める弟妹と生活を共にする弱冠二十六歳の職人には三百万どころか三十万の蓄えもなかったが、せっかくめぐってきたチャンスを無かったことにするのは如何にも口惜しかった。倹約家の長子から百万、社会問題になりつつあったサラリーマン金融から百万、もう一社からも百万、それぞれに借りて店主に渡した。世の中の出来事に疎い職人には、サラ金の理不尽にふくれあがる利息や常識を逸した取り立てにまで考えが及ばなかった。一ヵ月もすると、いかにもという人相の男たちが家の前にたむろするようになったのである。

そして不幸なことに地面師に狙われた、まほろばの店主一家もまた目も覆わんばかりの事態に陥ってしまった。浅野川の上流にある土地を安く譲ると近づいてきた人物も、まほろばを買いあげてすぐに更地にして即売していった人物も、建設業者も、土地の権利証、免許証、パスポート、印鑑証明の類に至るまで、すべて地面師グループによって周到に仕組まれたでっち上げだった。川の上流の土地の所有者と代金を支払った人間とが同一人ではないと気づいた時にはすでに遅かった。詐欺師たちは煙のように消えていた。自宅や仕事場のあった土地を売りとばされたうえ、支払った土地の代金、新しく造るはずの建物の三割程度の前納金も持って行かれた。借金だけが残って一家離散に追い込まれたのだった。

我が国における地面師は終戦のどさくさに現れたとされる。役場など公の機関の混乱につけこんで、焼け野原になった他人の土地に勝手に入り込み、縄や囲いをして所有者になりすました。複数の人間が色々な役を演じて関係書類もそれらしく偽装した。土地を転売してぼろ儲けしたのである。

しかし、店主はそのままでは終わらなかった。何年か後、狂乱物価が終焉を迎えた所謂バブル崩壊の時期に、和服のレンタルとリサイクルの店を立ち上げて成功することになる。年を追うごとにチェーン店は増えて全国展開するに至った。捨てる神あれば拾う神あり。彼は人生を決してあきらめなかった。離れ離れになった家族は再び一つになった。

バブル景気を尻目に一郎たち四人は関西方面へ逃れた。

収入の無くなった一郎に返済の目処は立たない。サラ金業者の眼から遠く離れなければ彼らに生きる道はなかった。

折しも今宵は聖夜。いつもの年なら兄妹一人一人が三人それぞれへの品を用意して、ささやかな馳走のテーブルを囲んでいる時刻だった。壁に飾った手づくりのリースの中のヒイラギや松ボックリやドライフラワーも、長子が世話するポインセチアやシクラメンの大鉢も、愛らしい色を添えていたのだが。四人は一時間近くもまえに列車を下りて、京都駅のプラットホームの細長い腰かけに座ったままでいた。すっかり日は暮れている。さわさわ風が立って風花が舞っていた。

「ごめんよ。みんなを巻き込んでしまって」一郎は何度もくり返しながら膝の間に目をやって顔を上げようとはしない。勉学に秀でた二郎は名のある大学の四年に在籍していたし、次子もこの春から建築デザインの専門学校に通うつもりでいた。長子は新装した大病院の薬局に薬学の豊富な知識を請われて勤め始めたばかりだった。すべてを置き去りにして、めいめいボストンバッグ一つ提げたきりでここまで逃げてきたのだ。右も左もわからない土地で四人だけで、これからの行き方を模索することになる。

「もういいじゃないの、兄さん。三人をこれまでにしてくれたのは兄さんじゃないの。火の中から連れ出してくれて昼夜問わず働いてくれたから人並みに生きてこられたのよ。母さんの言いつけどおり四人で手を取り合って生きていかなくちゃ。離れずにいれば何とかなるわよ。しっかりして、大丈夫よ、兄さん」涙ぐみながら長子は一郎の左手を自分の両手で包みこむように握った。右側からは次子が一郎の首に両手をまわして頰をくっ付けてすすり泣いている。

風花が髪や肩に留まっては消えていった。

「あんなダニみたいな奴らからは逃げるが勝ちだよ。新聞にもサラ金のひどい作為が連日でている。取り立て屋はときどき学校にもやって来て睨みをきかせてやがった。姉ちゃんや次子を危ない目に遭わせる訳にはいかないから、こうするより他になかったんだ。くよくよしないで先のことを考えようよ。ともかく逃げ切ることだ。それにしても、腹がへったよなぁ」二郎がプラットホームの先へ目をやりながら他人事のようにぼそっと声を出した、そのとき、

「美味しいお饅頭があるのよ。どうぞ召し上がれ」

四人が座る細長い腰かけの反対側、背中合わせに置いてある腰かけから、ぬっと立ち上がった年配の和服の女性が、呆気にとられる兄妹の前に回ってき

て、持ち重りするのか両手で紙袋を差し出した。「あらかたの事は聞かせてもらいましたよ。そのとおりよ、くよくよしないで前を見なくてはね。この中のお饅頭は栄養価が高いから、あなたたちの滋養と強壮にたいそう役立つと思うの」

いきなりの身なりのいい女性と場違いな饅頭の登場。思わず四人の表情にニンマリ笑いが灯った。

「ありがとうございます」一郎が手もとに引き寄せた紙袋の中には、和紙できっちり包装した長方形の品が二つ並べて入れてあった。

「ほんとうに貰ってしまっていいのですか。どなたかへのお遣い物ではないのですか」

「毎年この時期、代議士をしている二人の息子の家へ、こんなふうにしてわざわざ持って行ってやるのだけれど、十分な栄養を取って恰幅のいいあの子たちには必要のないことに気がついたの、いま話を聞かせてもらって。あなたたちこそ美味しいお饅頭で元気にならなくちゃね。食をおろそかにしてはいけませんよ。まぎれもなく体は資本ですよ」「遠慮なくいただきます。ずっしりと重いですね。餡子がぎっしり詰まっていそうで、さぞ美味しいでしょうね」

かみ合わない会話にどぎまぎしながらも、和服の女性の穏やかな顔つきや物怖じしない話ぶりに一郎は魅了されていた。万事休すという時に四人は強い味方を得たような心持ちになった。

「そうだわ、食事に行きましょう。おなかが空いているのよね」

女性と兄妹は、駅前の道路を横切った大きなホテルの地階のレストランでフランス料理のディナーのテーブルについた。席に座って見る出入り口の回転扉のゆったりとした動きが緊張で硬くなる四人の心身をほぐしていった。スローモーにあたたかい扉の横には巨大な陶器の花瓶に挿した数種類の百本ほどもある白や赤や青や黄色や紫の花々が、無数の色を塗り重ねた油絵の趣で鎮座している。レストランの広間の中央、ライトアップされた一段高い所では、白いグランドピアノの鍵盤の上を、白いイブニングドレスの弾き手の指が水を走るアメンボの軽やかさでアップテンポなクリスマスの曲を奏でていた。グリーンピースのポタージュ。合鴨の冷製。アスパラガスとトマトと生ハムのサラダ。クロワッサンとロールパン。渡りガニの甲羅グラタン。仔牛のヒレステーキわさびソース。かぼちゃのパウンドケーキ。富有柿のシャーベット。デミタスコーヒーorハーブティ。どれもこれもはじめて口にする美しい味がした。

食事が済んで店の外に出ると、いつからそうしていたのか停めてある黒塗りの乗用車から、あわてて出てきた運転手が、おかえりなさいませ、言ったきり後部座席のドアを開けたままで直立している。和服の女性は四人の手に代わる代わる触りながら「今夜かぎり会うことはないと思うけれど、あなたたちのことは毎朝夕、神仏にしっかりお願いしておきますから。どうかおげんきで、ごきげんよう」四人の思いとは裏腹にあっけなく車は凍える冬の闇を走り去ってしまった。

斯くして四人は京都駅の裏側の簡易旅館の殺風景な部屋で、紙袋から取りだした滋養と強壮に良いと言っていた饅頭二箱の包みを開けたのである。中にあったのは餡子のぎっしり詰まった饅頭ではなかった。帯封をした札束が合わせて十束。つまり箱一つに五百万ずつ一千万の現金が出てきた。四人ともが口をあんぐりあけて、目の飛び出るほど腰の抜けるほどに仰天したのは言うまでもない。

目まぐるしく月日は過ぎていった。冬の間しばらくは取り立て屋に見つかるかもしれないという強迫観念から京都市内のいたる所を転々とした。四季を通して観光客の多いこの街は、よそ者が行き当たりばったりの路地や田畑のあぜ道、宅地の共同通路などを歩いていてもさほど気に留める人はいない。ひとところに留まる方が噂にのぼりやすいし記憶にも残る。追手に自分たちの痕跡を示すことになると考えたのだ。出来るだけ目立たないよう四人揃っての行動は避けて身体や服装も清潔に見えるよう心掛けた。万が一不審者扱いされて警備関係者に所持品を調べられでもしたら、一千万もの現金の出どころの釈明をせまられる。真実を言っても信じてはもらえまい。面倒が起きるにちがいなかった。年明けには二郎の提案で現金は駅のコインロッカーに入れっぱなしにしておくことになった。料金を更新に行く手間はあっても安全面では理にかなっている。

春たけなわ。青葉の緑が目に心地よい季節。

「追われているのなら、まず、顔を変えてみてはどうかね。依頼された男の調査で数日前から関西に滞在しているのだが、どうも訳有りに見える君たちが気になって、この二、三日、跡をつけてみた。深刻な事情があるようだね。生まれ変わったらどうだろうか。大阪のあい隣（旧釜ヶ崎）に行けば戸籍も買えると聞いている。ぐずぐずしている内に若さはすり減っちまうよ。危なっかしくて、どうしても放っておけなくなってね」

出し抜けに、聞きなれない関東言葉で男が話しかけてきたのは、四人がとうに葉桜になった円山公園の枝垂れ桜の根元のベンチにすわって、食費くらいは賄える現金収入を得る手立てについて思案している最中だった。伸び放題にした髪を後ろで束ねた着古した作業服の小柄なその初老の男を、昨日も一昨日もその前の日も四人は、銀閣寺へ続く哲学の道周辺や京都大学に近い市電百万遍停留所付近や錦市場の中で見かけていた。特徴のある恰好は自然と目に焼きついている。

男は肩に掛けた麻袋からメモ帳と鉛筆をとり出した。

「もぐりの医者だが腕は確かだし、法外な費用は請求しないとおもうよ」聞き取れない程くぐもった声で言いながら、医師が居住する京都北部の舞鶴市の住所と氏名や電話番号をさらさら書いて、まるでスーパーマーケットのチラシを配るように一郎の腹のまえに突き出した。達筆だった。周辺の地図まで詳しく描いてある。男は四人の顔を見回したあと、何か用件を思い出したようにそそくさと一つ仕事をやり終えたように満足げに去って行った。啞然とする一郎たちの肩越しで幾重にも重なり合って枝葉を伸ばす枝垂れ桜の大木は、生まれたばかりの若い葉をそよ吹く南風にふるわせて、余すところなく平和な春のシチュエーションを演出していた。

行きずりの男の戯言にすぐにとびついたわけではない。だが、何処の誰ともわからない女性からの一千万が貸ロッカーの中にあるだけで四人の所持金は底をついていた。三度の食事にも事欠いたが稼ぐ目星もつけられないまま、暖かくなってからは場所を変えながら戸外にテントを張って眠った。八方ふさがり。前に進むどころか放浪生活の突破口さえ見当のつかない四人は、作業服の男の言葉に一縷の望みを託すことにしたのだった。

一郎と二郎が大阪西成区のあい隣地区の日払いホテルに寝泊まりしながら、建設現場で働くようになって二年余りになる。長子と次子は後に裏難波と呼ばれて観光客を集めることになる、道具屋筋南がわの集合住宅に、それぞれ別個に住まいした。長子はデパート地階の食料品売り場のパート店員、次子は日本橋の大型電機店の販売員になって働いた。月に一回程度、四人の兄妹が近況報告も兼ねて食事を共にする時には、多かれ少なかれ京都駅の女性や円山公園の男が話題に上った。口にこそ出さなかったが、あの二人は、神の僕、に違いないと四人それぞれが同じ思いをもっていた。彼らの采配があったからこそ、曲がりなりにも地に足の着いた生活が送れるようになったのである。

三年前に次子を除いた一郎ら三人は、大がかりな整形手術で別人に生まれ変わった。

作業服の男が紙に書いた、舞鶴山間部の人里離れた牛舎のような建物の診察室や手術室や入院施設には、目を見張るばかりの最新機器や用具が揃えてあった。回復するまで不可思議な医師のもとで六ヵ月間もの療養を要したが腕は確かだったに違いなく、その後は何の差し障りもなく日々を過ごしている。医師には三人合わせた手術費と入院費やその他諸々をひっくるめて六百万支払った。健康保険が使えないことを思うと破格に安くあげてくれたのだろう。親切でも不親切でもなく淡々と兄妹に接する男だった。家族は無い様子で三日置きに通ってくる土地の老夫婦が雑用を引き受けていた。

「次ちゃんの顔だけは触らないでおこうよ。父さんや母さんに似たところを残しておきたいもの。四人とも、どの子の顔も変えてしまったら二人は本当にいなくなってしまうもの」舞鶴へ行く朝、声を絞り出すように言う長子に、三人は涙を流して肯いた。


あい隣の朝は早くから始動する。

午前六時にはフロントガラスに社名を貼ったボックスカーやマイクロバスがハローワークの出入り口付近にずらりと並んで、紹介状を持った日雇い労働者たちがつぎつぎに乗り込んでいく。近畿各地の建設現場や道路工事の現場へ運ばれて行くのだ。どちらかといえば四角四面の手続きを嫌う彼らも役所を通すことによって、雇い主とのトラブル、つまり労働時間や職種等の食い違いなどと、報酬の踏み倒しを防ぐことができた。また、交付される日雇い手帳の条件、二ヵ月間に最低二十八日の要労働を満たすと、悪天候等で仕事のない時には日雇い失業保険、一日六千二百円程度を受領できるのである。

一郎も二郎も日に焼けて身体も一回り大きくなって見えた。気力も充実している。若い二人は雇用主にも評判が良かった。

その年の梅雨には雨がよく降った。

雨の日は仕事にあぶれた労働者でドヤ街の人口密度は俄かに高くなる。真っ昼間から酒場の女たちの甲高い声や酒に酔った男の濁声や浪花節や演歌を唸る声が、ドヤのいたる所に渦を巻いて一種、町祭りの縁日の喧騒につつまれる。極端に子どもの少ないこの町で雨の日の彼らは酔いどれワラベに変身するのだ。夜が更けると彼らの宴に入り交じる宿泊所のオーナーも少なくなかった。

雨が本降りになった正午過ぎ、仕事にあぶれた一郎が常宿にしている簡易ホテルのロビーのソファーで新聞を広げていると、ひと昔前の市電の車掌と同じようにガマ口型の黒いカバンを首から脇へ横掛けにしたケンさんがやって来た。この界隈の労働者の相談役をほぼ一手に引き受ける、年かさの人物である。

「何で必要なんかさっぱりわからんけど、頼まれていた三十前後の女の戸籍あったで」

「あ、あ、どうもすんません。お世話になりました。これで、やれやれですわ」
「このごろ、あんたのツレと懇ろにしている飛田の定食屋のエリ子に当たりをつけたら即オッケーやった。なるべく自分が死んでから使ってほしいっていう条件付きやけどな。気の毒に心臓に病があってそう長くはないらしいわ。エリ子の健康保険証と図書カードと戸籍謄本、このビニール袋にまとめてあるから渡しとくな。いや待てよ、あの娘、心臓の定期検診のときに保険証いるのとちがうやろか。まぁ、必要な時には取りに行くよう言っておくわ。それでは八十万、毎度ありがとうさん。ほくほくや」

ケンさんはガマ口型のカバンの中から形ばかりの領収書をとり出した。男二人の戸籍はすでに受け取って百六十万支払ってあった。長子の分と合わせて二百四十万の出費である。この中からどれほどの金額がそれぞれの提供主に渡るのだろう、一郎は定食屋のエリ子の白い顔を思いうかべた。

そのころ、二郎とエリ子は雨の御堂筋を歩いていた。先ほどの映画のなかで主役を演じたカトリーヌ・ドヌーブの魅力について二郎は熱弁をふるっている。彼女がタイプのようだ。雨の日くらいしか彼とゆっくり過ごせないエリ子は、定食屋の女主人にブツブツ言われながらも急きょ二日間の休みをとった。予報では明日も雨になるらしい。

道頓堀のキリン会館で『シェルブールの雨傘』と『ひまわり』の二本立てを観終わってから、建物の中のレストランで昼食も済ませた。二郎の旺盛な食欲に身体が火照り出すばかりの異性を意識して、エリ子は訳のわからぬまま何度も赤面した。昨夕、店で食事を終えた彼を送って出た別れぎわ、電柱の後ろで初めて二人、口づけを交わした。

キリン会館では常にリバイバル映画を上映している。中学に行くようになると教会から渡されるボランティアのわずかな駄賃を貯めておいて、ここの旧い洋画の観賞費に当ててた。『子鹿物語』『風と共に去りぬ』『嵐が丘』『カサブランカ』心に残る様々なシーン。

生まれて二、三ヵ月前後たった冬の寒い朝、胸にクロスのペンダント、厚い毛布にくるまれて飛田の教会の出入り口にエリ子は置き去りにされていた。尼僧の元でボランティアをしながら育った。子どもの時分から一度たりとも親を恨んだことはない。大人になって定食屋で働くようになって、この地へ流れ着く人たちの進退窮まる事態や過酷な運命を見聞きするにつけ、共倒れになるかもしれない道を連れ歩くよりも、赤子の未来に祈りを込めた両親の選択に感謝する気持ちが強くなった。

『命よりたいせつな赤ん坊です。どうかよろしくお願いします。父母』三つ折りにして毛布の間にはさんであったという便箋を肌身離さず大切にしている。この界隈に居りさえすれば会いに来てくれると信じている。

御堂筋を北へ歩いた心斎橋の大丸のショー・ウインドーには、軽やかな真夏の衣服を身につけた数体のマネキンが横を向いたり左を見たり座ったり、色々なポーズで陳列してあった。足もとには多種多様な靴の数々。幾足かは蝶々の形にひらひら頭の位置より高くに吊り下げてある。エリ子の目はふじ色の五センチヒールのパンプスにひきつけられた。藤の花序の紫に珈琲フレッシュをぽたぽた落とした眠たげなやさしい色。

コツ、コツ、コツ。やさしい色の靴で二郎の横を歩いている。その日も雨に違いない。二郎は傘を差しかけて頼りのない肩を抱きかかえている。見つめ合う二郎の瞳の中でちっぽけな女が頬をバラ色に染めている。刹那の幸せ。

一方、別個の集合住宅に住まいして、それぞれの職場へ働きに出る長子と次子は、ここ二年の間に見違えるばかりに垢ぬけた。次子は生まれ持った顔の造りの愛らしさに女性の艶が加わって慈悲深い印象をあたえた。手術を施した長子の方は石膏彫刻をおもわせる直線的な輪郭や目鼻立ちの彫の深さが、理知的なミステリアスなイメージを漂わせた。服装も、よりシンプルなデザインの上質素材を二人は好むようになった。

次子は近頃の長子の変化が不安でならない。大阪に落ち着いてから週の内に二日ほどは、どちらかの部屋で互いの職場の出来事や世間話をしながら過ごしているのだが、ここしばらく何を言っても上の空だし時計ばかりを気にし出した。それに、休みの日の前日には決まって外泊しているようなのだ。地階の食料品売り場に出入りする食肉加工品メーカーの営業マンと付き合い始めていた。その男の話をはぐらかすように泳がせる目の動きや、常に浮かべている作り笑いが、次子には不誠実な人柄の表れに思える。やめた方がいいよ、いい人には見えない。くどいくらい言ってはいたが、聞く耳を持たなかった。それどころか、兄さんや二郎ちゃんに彼のことは絶対に黙っておいてと釘をさす始末だ。

案の定、長子の勤めに出た留守を狙って、現金をはじめ貴金属、衣類、革製品、調度品、調理器具、電化製品、化粧品に至るまで、売りとばせるものはすべて掻っ攫って姿をくらました。なるたけ警察に関わりたくない四人は泣き寝入りするより他なかったのである。このことがあってから長子の心の中に小さい悪魔が棲みついた。

平成三年（一九九一年）を分岐点に時節は驚愕する速さで変わっていった。バブル景気はすっかり鳴りをひそめて、負債を抱えた企業や個人実業主は経営不振や倒産にまで追い込まれた。地価が暴落したのだ。建設関係や道路工事の仕事が八割方なくなって、あい燐の日雇い労働者のほとんどは失業状態になった。ここより他に居場所の見つけられない彼らは、それでも二〜三年は留まっていただろうか。が、いつしか皆ちりぢりに去って行った。

四人もここを出ることにした。一郎三十四歳、長子三十一歳、二郎二十八歳、次子二十五歳の春の旅立ちであった。西脇雄一郎、多田啓司、香坂エリコ。次子以外の三人は新しい戸籍を携えた。金沢を逃げだした頃のひ弱さは兄妹からは微塵も感じられない。世の中に巣食うサラ金業者の蛮行も下火になりつつあった。

その朝、二郎は何度もふり返ってエリ子の残り香をさがした。

初春の日差しが人の気配のまばらになった町の、かつての賑わいを懐かしむように路地の隅々にまで安らかな光を投げかけて、この地に留まらざる得ない幻影を暖めている。

去年の秋、寝間の中で眠ったそのままの姿でエリ子は冷たくなっていた。

三、真相

平成三十年（二〇一八年）五月、本庄一哉は五十八歳をかぞえた。

妻のエリ子を亡くしても真由子がいなくなっても彼の日常は変わらない。ほんの少し両の目の周囲に翳りが増して思慮深い印象をより濃くしていたが、何十年もそうしてきたように勤務する製薬会社の新薬の開発に心血をそそいだ。医学生になった当初は生涯にわたり研究者として大学に残って、専門の遺伝子工学および遺伝子治療の分野で世の中に貢献する夢を持っていたのだが、母親の突然の死が、否応なく母一人子一人で生きてきた遺る瀬無さを思い知らしめた。卒業間際には生活の糧となる確実な道を選んでいた。

本庄一哉は、時の政治をつかさどる重鎮の別腹の男子だった。

経済面では何不自由なく育ったと言える。本家には母親共々よくしてもらった。とくに本妻の君枝夫人は、彼女の二人の息子同様に内輪の非公式の場には必ず彼も連れ出して、公私にわたり親しい付き合いのある人たちと引きあわせもした。が、しかし、母が亡くなって本家との養子縁組の話が持ち上がったとき、心の底から自分の力で生きてゆきたいと彼は思った。慣れているはずの日蔭の子云々の蔭口にもこだわった。就職が決まった日に「僕のことはもう放っておいてください。一人でやってゆきます」覚悟を決めて夫人に宣言した。彼女はただ一言「がんばんなさいよ」目を細めて拍子抜けするほどおだやかに言った。二十五の齢に結婚した相手とは寝起きを共にするや否や悉くぶつかって二年足らずで離婚した。性格の不一致とは正しく自分たちのことだった。四十を過ぎてエリ子と一緒になった。十年ほど平穏に暮らしたが病が彼女を連れ去った。偉そうなことを言っておきながら、打ちのめされるたびに君枝夫人のところに駆け込んでいる。「やりなおしなさいよ」いつの時にもおだやかだ。さすがに真由子については耳に入れることを躊躇していた。夫人は八十代半ばになっており外出時には車椅子を使ったが、家の中の身の回りのことは古くからいる女子衆が一人ついているだけで、ほとんど人の手を借りずに気丈に暮らしている。

本庄は今しがた、京都東山七条の智積院にある母と妻の墓参りを終えたところだ。

一月と五月の年二回、二人の命日か、その前後には必ず墓前に来て手を合わせた。

馴染みの宿に二～三日留まって古都の町並みや神社仏閣を見て歩くのも習慣になった。清水寺から祇園界隈をめぐって南禅寺、吉田山、祇王寺、出町柳から鞍馬寺周辺の散策。いつもほぼ同じルートを行ったが、その時々の自身の心のあり様にも左右されるのか、年年のそれらの表情はどこも微妙に違って毎回新しい出会いに胸躍った。

智積院の広大な墓所の小高い所には、政治家を受け継ぐ本家代々の当主とその奥方の名を刻んだ墓標と重厚な墓石が立っており、この寺で年忌など仏事も行われている。本来なら本庄が足を踏み入れるべき場所ではないのだが、君枝夫人の計らいで本家墓所敷地の東の端に本庄家の墓も設けてあった。本庄の母親は先の戦争の空襲で家を焼かれ、自分だけ生き残った戦争孤児だった。母親と本庄に親戚縁者と呼べる者は一人も無い。

寺の本堂や収蔵庫には、長谷川等伯、久蔵親子の国宝『桜図』『楓図』や、その門下生による『松に秋風図』『松に立葵図』など、日本を代表する障壁画や絵画が数多く展示、保存してあって常時拝観できる。金箔、銀箔をふんだんに使い、絵の具を何層にも重ねて厚みを出した絢爛な作品群は、絵心のない本庄にも桃山文化の圧倒的な迫力を感じさせた。秀吉は愛妾淀殿との第一子、幼くして亡くした鶴松の菩提を弔った、ここの前身である祥雲禅寺に贅を尽くしたと伝えられる。時は流れて、大坂夏の陣に勝利した家康は、祥雲禅寺や周りの土地を統合して智積院を建立した。

中国の揚子江の眺望を写したとされる、池泉回遊式庭園の男性的な力強い景観は東山随一と謳われ、講堂の座敷に座ったまま、ほぼ庭園全体を鑑賞できる。築山を中心に流れのある池の底には土が敷かれて、泳ぐ鯉が泥を巻き上げて水が灰色に濁るよう、揚子江を模した造りが施されていた。五月の今時分なら、細長い池を巡る園路に沿って丸く剪定されたヒラドやサツキが点々と手毬をころがしたように咲き揃って、隙間なくびっしり芽吹いた濃淡様々な若緑は光る風に日輪を仰ぐ。

車椅子を使うようになってから君枝夫人は滅多に外出しなくなっていたが、それまでは落ち合って墓前に参った後、二人ここで語らうのが常だった。嵯峨野邸に夫人を訪ねてみようかと思った。真由子のことを聞いてほしかった。馬鹿ねぇあきらめなさい、縁がなかったのよ。そう、事も無げに言われるかもしれないが。

急に姿を消した真由子を何か事情のあるものとして、すでに探すのをやめていた。しかし、仕事や雑事がとぎれて独りになると彼女が心の中を占領して、約束事のように胃のあたりがちくちく痛んだ。辛い目に遭っていないか、身体を悪くしていないか。

寺の出口に向かって境内を歩き出したとき、生い茂る木々の何処からかウグイスの声。見回したが姿をみせない。ホーホケキョ、ケキョ、ケキョ、見つけてごらんと、ホーホーホケキョ。

何気なく前方に目をやると、遠目に西脇雄一郎と多田啓司の二人が視界を横切って行ったのだ。探偵社の社長と派遣会社の役員に仕事上の付き合いがあったとしても何ら不思議ではないが、本庄は二人の取り合わせに言い表し難い違和感を持った。そもそも、ここ智積院にエリコの墓所があるというのを二人に知らせた覚えはなかったのだ。

――彼らは顔見知りだったのか。西脇も多田も亡くなったエリ子と親しかった。幼馴染か何かのように話し込んでいることも多かったが、彼ら二人がエリ子を囲んで同じ場所に居合わせたというのは無かったのではなかろうか。

――真由子は多田のすすめで自宅に入れた家政婦だ。エリ子と真由子は会ったその日から姉妹のごとく親密になって家事の息もぴったり合っていた。

――こと仕事に関してはスッポンの西と揶揄される西脇が、依頼した真由子の失踪に本腰を入れて調べようとしなかったのは何故だろう。

――西脇と多田が近づいてきたのはほぼ同時期だった。エリ子と一緒になったのはその三年足らず前だ。釣場で何度も西脇と出くわしたのが、もし偶然でなかったとしたら。多田にしても職員の異動のほとんど無い新薬開発部へ、あれほど頻繁に顔を見せる必要があったのだろうか。

――エリ子とは駅や飲食店やイベント会場で複数回、これも偶然顔を合わせていた。何ヵ月か後には勤める製薬会社の営業部の臨時社員として働き始めた。美人で知性的でもある彼女に急速に魅かれていったのだったが。

本庄は後味の悪い思いに奥歯をかみしめた。

気象庁が梅雨明けを発表したあと、太陽は勢いを増して季節は一気に真夏仕様になった。若い頃ならアウト・ドアへと、むしろ歓迎した容赦なく肌を突き刺す日射に顔をしかめながら、本庄はゆるやかな勾配の山道を歩いている。紳士用の薄手のハンカチは汗を吸ってじっとりと、すでに清潔な状態とは言いがたい。

「話しておきたい事があるから、すまないけれど休みの日にでも、嵯峨野の方へ出向いてくれないかしら」四、五日まえ、君枝夫人からのメールがスマホにあった。

京都駅から市バスで四十五分。終点の嵐山のバス停付近でタクシーをさがすも、日曜の我が国有数の観光地で空車をつかまえるのは至難の業だ。バスターミナルも隣接するＪＲ嵯峨野嵐山駅の周りも人の波でごった返していた。

北向きに歩いて十五分。この先の野宮神社の横を通って一面の竹林を抜けたら瀟洒な夫人邸が進行方向にあらわれる。源氏物語の第十帖『賢木』には、野宮神社のクヌギの樹皮をつけたままの古い様式の黒い鳥居と、境内を取り囲む小柴の生垣が登場する。この帖の光源氏の年上の恋人、六条御息所は生き霊や怨霊となって源氏の愛する何人かの女君に害をなす。君枝夫人は物語に登場する数多の女人の中でも御息所を殊のほか気に入っていた。正気を無くしてまで源氏に執着する御息所の情熱に、自分には無いものを見ているのだろうか。彼女の文机の上や傍らには、複数の名の知られた作家の口語訳と重厚な装丁の文語体そのままの源氏物語が常に置いてあった。

「あの世への旅立ちには、書斎の源氏を残らず持たせてちょうだい」近ごろ頓に繰り返しては周りを困らせるらしい。今日の嵯峨野邸ゆきを電話連絡した折に長年付き添っている日高さんは笑いながらそう言った。男勝りでさばさばとした気性の彼女も寄る年波に気難しくなっているのかもしれない。

ようやく、邸の外側の鉄製フェンスに据え付けてあるチャイムの前に立った。組んだ鉄骨のまわりに煉瓦を積み上げて、上からモルタルを塗ったヨーロッパ調・石造り風の外壁は、アルバムに残された大正期の新築時と寸分の違いのない姿を保っている。が、これまでに幾度となく修復工事がなされて、十年ほど前には見目そっくりな新建材がモルタル塗りの煉瓦に取って代わった。目の高さにあるチャイムの斜め下の泥色の大きな甕の中では、矮小性のヒマワリが強い日差しに怯みもせず、健気にきりりと背筋を伸ばしている。頑丈な鉄のフェンスの内側、玄関扉へ続く石畳の周辺には、庭師が丹念に手を入れた泰山木や木蓮、金木犀や銀木犀、イチョウやメタセコイアなどの大木が、何十年と変わりなく威厳をもって点在していた。

日高さんの後ろについて広々としたリビングに足をはこんだ。磨き込まれた明るい色のフローリングの中央のスペース、幾何学模様を配したペルシャ絨毯の本庄が昔からよく知っている愛用の籐の椅子から立ち上がって、君枝夫人は少しも変わらない凛とした佇まいで彼を迎え入れた。縦縞の絽の和服が涼しげに似合っていた。

「暑かったでしょうに。京都駅でも嵐山からでも電話をくれたら、運転手に車を廻してもらったのに。今日は呼び立ててごめんなさいね」

　ほとんどエアコンを使わないこの邸では、天井の二ヵ所から旧い外国映画さながらの巨大な扇風機がゆったり回って、リビングの端々にまで大らかな風を届けた。かち割り氷を浮かべたテーブルの上のウインナーコーヒーは香ばしい匂いをふりまいている。

「何から話せばいいのかしら……そうね、一哉さんが知っている人たちのことにしましょうか」夫人は大きく息を吐いて、しばらくのあいだ目を閉じた。

「三十年ほども前に、京都駅のプラットホームでサラリーマン金融から逃げてきた四人の若い人たちに、圭一と真二に持って行くつもりだった選挙資金をそっくりそのまま渡したことがあったの。相当、追いつめられているようだったから」

「えっ、知らない他人に、ですか」君枝夫人らしくないと思った。色々な方面に付き合いの多い彼女は、金銭のからむ話や身の上話には冷酷なほど無関心だったからだ。いちいち気に留めていたら心身が持たないというのが本音のところだろう。

「それが知らないことはないの。顔や姿が明確にわかっていた訳ではないけれど、四人の両親、幸吉さんと千津さんと私は旧い知り合いなの。敗戦当時、大阪市内の焼け野原には多くの浮浪児がたむろしていた。私と妹、幸吉さんや千津さんのほかにも四人ほどの子どもらが一緒になって、その日暮らしの食べものを調達して分けあっていたの。かっぱらいやひったくりは当たり前だった。思い出したくもないけれど、日本人はとてつもなく困難な時代をくぐってきたのよ」

木肌のような凹凸の薄茶色の壁に張り付いた二メートルほどもある年代物の柱時計は振り子を音もなく左右させて、ぴたりと二時を指していた。

一九四五年（昭和二十年）八月十五日の終戦までに、すでに焼け出されて家族の中でたった二人だけ生き残った君枝と瑞恵姉妹は、同じような境遇の子どもらと寝起きを共にした。群れて食料を探し歩く日々のある日、ＧＨＱのジープがねぐらへやって来た。浮浪児の保護が目的であるのを知る由もない子どもらは死にもの狂いでその場から散らばった。我に返った時、君枝の横には幸吉と千津の二人がいるだけで瑞恵の姿はなかった。はぐれてしまったのだ。瑞恵はたった六歳だった。いなくなった仲間や瑞恵が戻ってくるかもしれないと、アメリカ兵のジープを警戒しつつも、四、五日のあいだ三人はねぐら付近に留まった。が、空襲のなかった京都では商いを再開しようにも働き手の不足に難儀している、大人たちのそんな話を小耳にはさんでジープの捕食動物から遠のくためにも、その地へ向かうことにした。生き残ることが精いっぱいだったから幼い瑞恵を想う余裕はなかった。線路に沿ってひたすら山を踏みわけ川をわたった。雨水を飲んで残飯をあさって畑の野菜を持って逃げた。野宿には拙い知識で火をおこして枯れ木をくべて焚火にして野生動物を威嚇した。暑い時期でなかったら野垂れ死んだに違いない。京都に流れ着いて十数年。君枝は祇園の人気芸妓の一人として引く手あまたの実績を誇るようになった。苦節を耐え忍んだ両の眼には氷のごとく硬質な光があった。幸吉と千津は所帯を持った。跡取りを戦争で亡くした寺町の牛鍋屋の店主夫婦に請われて二人で店を切り盛りしていた。二～三年後、老いた店主の店仕舞いに前後して、今度は石川県能登の漁師と養子縁組を結んで家に入ることになった。京都への諸用の折に牛鍋屋へ欠かさず食事に来ていた年配の子の無い男のところだった。牛鍋屋も漁師も幸吉と千津の実直な人柄にひかれた、いや、人に取り入る巧みさは泥水にまみれながら二人が身につけた手練だったのかもしれない。君枝は政治家の御曹司に出会った。政治家とその妻は、息子が引き合わせた芸妓を一目で気に入った。氷の双眸が人心を操ったのだろうか。

「私は取り返しのつかない過ちをしでかすの」

夫人は顔を上げて、開け放した南側の窓の網戸越しに迫る青い山脈を見つめたまま黙ってしまった。首筋から背中へ走る冷たいものに怖気づいた本庄は身動き出来ずにいた。しばらくして夫人は日高さんを呼んで熱い緑茶を所望した。

「じつは圭一と真二は私がお腹を痛めた子どもではないの。それ相当のお金を置いて能登の狼煙村の幸吉さんと千津さんのところから連れてきたの。千津さんと私は同じ時期に初めての子を宿していた。千津さんに元気な男の子ができたあと、二日たって生まれてきた私の子は息をしていなかった。経験豊かな産婆さんが今の今まで息をしていたと泣いてくれた。世襲を重んじる政治家の家では子どもを特に男の子を産むのが嫁の役目だった。そんなふうに思い込んでいたのかもしれないけれど。息の無い我が子を抱いて泣くより先に千津さんの顔が頭をよぎったの。能登から赤ン坊を連れてこようと簡単に考えた。二つ三つ年上の幸吉さんと千津さんには大阪時代から手取り足とり面倒を見てもらっていたから当たり前のように思って甘えていたのでしょうね。産婆さんと日高さんと数人の雇い人に口止めさえしておけば今日のことは誰にも知られない、大胆にもそんなふうに考えた。実際そのとおりになったの。何しろ衆議院選の投票が間近に迫っていて、夫も義父母も親戚筋も昼間は選挙事務所に詰めて夜は間借りした部屋に寝泊まりする、選挙戦一色の生活だったのですもの。千津さんのところでは一ヵ月くらい前の海難事故の後遺症から幸吉さんは漁に出られなくなっていた。新調したばかりの小型漁船も大破して使い物にならなくなった。収入が途絶え、漁船購入時の借金もあって生活費や治療費に困っているのを知っていたの。乳飲み子の圭一を連れて帰るとき浅はかにも、もう一人欲しいと哀願した。幸吉さんの方は目さえ合わせてくれなかったけれど千津さんは表情をやわらげて頷いてくれた。できることは何でもしてあげるよ、って言うように。千津さんの顔が仏さまみたいに見えた。二人めの時は前もって、夫に生活の立ちゆかない知り合いの夫婦にお腹の子を頼まれていると予防線を張っておいたの。夫はわりあい簡単に承諾してくれた。戦後十年ほどの当時の日本は現在では考えられないくらい大部分の人が貧しくて、大っぴらとまでは言えなくても、赤子のやり取りがまかり通っていたの。一年余りして真二を迎えに行った帰り際、子どもたちのためにも今日を最後に会わないでいようと、千津さんは私の背中に顔を押しつけて泣いた。そのとき気がついたの。紙一重の生死を共に生き延びた大切な絆を自らの手で断ち切ってしまったことに。このあと生涯に於いて二人と会うことは無かった。それでも三〜四ヵ月おきに衣類や食品や書籍などを狼煙へ送り続けた。子どもたちの近況は、ひっきりなしに手紙にしたためたわ。二人が心待ちにしてくれるのは想像に容易かったから。それでね……一哉さん……大それた事をしておきながら今さらに思うかもしれないけれど、私はどうしても二人と繋がっていたかった。だから、探偵を雇って狼煙に住まわせて千津さんたちの暮らしの報告を受けていたの。やがて二人は四人の子どもを授かった。そのうちに幸吉さんは持病の糖尿病が悪化して生命の危機を医療機関から告げられたの。真夏の山火事が家に燃え移って幸吉さんと千津さんが亡くなったのは兄妹の一番上が中学三年生のときだった。その男の子はあなたと同い年だったからよく憶えている。この後も十年余りは人を増やして四人の兄妹についての報告を受けていた。だから四人と京都駅で接触できたの」

「もしかしてその四人というのは、西脇雄一郎と多田啓司とエリ子と真由子ですか。僕より先に君枝さんは彼らを知っていたという訳ですか。四人は何もかも知ったうえで僕に近づいてきたのですか。財産目当てに」あの日以来、おぼろげに持っていた疑問を口に出した。罠にかかった動物はこんな心境に違いない。

「先ほども言ったように四人をよく知っていたのではなくて報告してもらっていたの。エリ子さんが一哉さんに近づいたのは、込み入った事情を知っての上ではなくて単に金銭目的だったようね。名の知れた政治家の別宅の離婚歴のある独身の息子に狙いを定めたのでしょうね。他の三人は別にして、彼女は名うての結婚詐欺師だったから」

本庄はあきれて、ものが言えなかった。夫人は詐欺師だとわかっていながら快く二度目の結婚を承諾したというのか。一緒になる前にエリ子には何度かひき合わせている。

「あなたからエリ子さんを、それまで調査員が持ってくる写真では知っていたけれど、あらためて紹介されたとき私には一目でわかりましたよ。一哉さんを心底好いているというのが。可哀そうなくらい一哉さんにすがり付いていた。やっと探り当てた拠り所だったのでしょうね。多分あなたも、自分の良否すべてを肯定してくれるエリ子さんの見た目とは真逆の大様な包容力に魅かれたはずよ。心細い思いをして育ったからかもしれないわね。二人はきっと、うまくやっていけると思ったの。財産目当てでも何でもいいじゃないの。だいいち、あなたには夫の遺産のほんの一部しか渡してなかったし、持っていた自分の預貯金なんぞ、しれたものだったでしょうに」すべてお見通しだ。思わず苦笑いした。反対されようとエリ子を娶っていたに違いなかったのだ。

「しばらくして男兄弟二人が一哉さんに近づいてきたのは、エリ子さんが本気で本庄家の嫁になるつもりでいるのに、あわてたからに違いない。彼女を任せられる人物かどうかを測っていたのよ。妹さんが家政婦として家に出入りするようになったのは姉の看病が目的で他意はなかったはず。京都駅で初めて会った夜以後、三人と顔を合わせることはなかったけれど、あの人たちの三十年余りの越し方から、下心の無いのはよくわかる」

「それでエリ子は何人から、どのくらいの金をだまし取ったのですか」

今さらどうなるものでもないと思いつつも本庄は被害者への償いを考えた。

「ああ、そのこと。被害者は十人と下らないわ。それぞれから二、三百万くらい。身ぐるみ剝いで暮らしが立ちゆかないほどダメージを与えないのが彼女のやり方だった。相手に一年と係わらないのも常套手段。エリ子さんは心の一部が病んでいたのでしょうね。何と言うか、人を弄ぶのに心地好さを感じるような。でもあなたと一緒になってからは、そういうのは一切ありませんよ。それともう一つ、自分の興味の範疇外の、特に人の顔形については、頭の中を走馬灯のように素通りして憶えておけないようだったの。あなたとの結婚前に何度か会ったときにも、私のことなど見えていないふうだった。もっと端的に言うと、私を記憶に留めることが出来ていなかったの。生まれつきなのか後天的なものか、ともかく頭の中の回路にわずかに障害があった。だから京都駅の人物

について の記憶はあっても、私が同一人であるとは認識していなかった。その後もずっと」

エリ子が詐欺を働いて姿をくらます都度、夫人は想像のつく同程度の金を被害者宅へ宅配便を装った調査員に届けさせた。『ごめんなさい、出来心でした。理由あってお別れします。お元気で暮らされますよう、お祈りいたしておりま す。申しわけございませんでした』本人になりかわって謝罪文も添えた。彼女に未練心のある男らは誰も表沙汰にはしなかった。

本庄の腰かけている真正面で、彼の動揺そのもののように柱時計は振り子を大きく左右させて四時を指していた。窓の外の真夏の日差しは少しもかげる様子を見せない。

「もう一つ、黙っていたことがあるの。一哉さんのお母様は水江さんでしょ」

「本庄水江ですが、どうかしたのですか……もしや、君枝さんの妹というのは」

「ええ、その通りなの。はぐれてしまった妹の瑞恵だったの。夫の子どもを身ごもった女が大阪にいると教えてくれる人があって、市内の料理茶屋の仲居をしているという水江さんに会いに行った。夫との別れ話を迫るつもりではなく、母体とその子に少しでも良い環境を用意したかったの。そのころの私は三歳と二歳になった圭一と真二の成長に、心が洗われるような充足感があったから、夫と縁あって生まれてくる水江さんの子にも出来うる限りの応援をしたかった。約束の時間に料理茶屋の二階の座敷で待つ私のところへ、入ってきた障子を背に三つ指ついて、初めてお目にかかります、顔を上げたのは焼け野原で生き別れて二十年余り、まぎれもなく妹の瑞恵だった。計り知れない運命の巡りあわせに私は涙をこらえるのがやっとでしたよ。ところが瑞恵の方は少しも気がつかないの。姉であるとは明かさないまでも何度か君枝を名乗っても反応しない。最初の内、いったいどんな魂胆があるのかしらと勘繰った。けれど話をするとアメリカ兵に保護されたジープ以後の記憶しかもっていなかったの。それまでのことは全部ぬけ落ちていたの。人は生きていく上で都合の悪い記憶は、特に新しい環境に適応するためには、消し去ってしまう事も有りうるというから、たった六歳の子どもにとって記憶喪失は最大の自己防衛策だったのでしょうね。GHQの施設に収容後しばらくして、駐屯地の食堂で働く本庄さん夫婦が養父母を願い出てくれた。瑞恵の着ていたブラウスのかろうじて確認できる名札の

『みずえ』から水江の文字を当てたらしいの。たいそう可愛がられて一人前にしてもらったそうよ。このあと一ヵ月内外には本庄さん夫婦と瑞恵とお腹の一哉さんに、用意しておいた大阪の郊外の一戸建てに移ってもらった。もちろん夫や義父母の了解は取ってあったのよ」

夫人は二〜三回大きく息を吐いた。眼鏡の奥の両目はどんよりと、生気が失せて濃い疲労の色があった。本庄は居た堪れなくなって口を開いた。

「もう、このくらいで終わりにしましょうか。続きは次回、乞う、ご期待ということで」「何を馬鹿なこと言っているの。まだ大事なことを話してないのよ」思いがけず彼女は声を荒げた。目を見開いて本庄の顔をじっと見た。

本庄にきりきり怒りがこみあげる。いったい何がどうだというのだ。懺悔や思い出話をしてみたところで何かが変わる訳でもなし。真由子はいなくなったし、母親やエリ子は死んでしまった。

カチャリ。ドアノブの回る音がした。溢れんばかりの抹茶フロートの細長いグラスを花柄のトレーに載せた日高さんが、用心深く摺り足で夫人と本庄が向かい合うテーブルに近づいて来た。

「さあ、お二人とも遅いお三時になさいまし。どうか、頭を冷やして」

グリンティーとバニラアイスの香りには沈静・浄化作用があるのかもしれない。瞬く間に険悪な空気を一掃してしまった。

「そういえば一哉さんは、お祖父さまとお祖母さまについて何も知らないでしょう。あなたの小学校卒業くらいまでは世捨て人のようにして山の中で暮らしてらしたのよ。お義父さまは名声も財力もありながら、お義母さまにしたって名家の出だというのに、私の知るかぎり権力や富を嫌って憎んでさえおられた。社会活動に関わる学者や芸術家についても難癖をつけて批判しなければ気のすまない意固地なところがあったの。晩年にはそれが高じて山奥のあばら家で自足自給の生活を十年ほど続けてらした。亡くなっているのが見つかったのは、死後数週間も経ってからだったの。前後して亡くなったらしいの。夫を筆頭にした男三人の実子とのかかわりは希薄だったようで、密葬以後は仏事も行われないし、お二人が話題に上ることもなかった」

「大旦那さま大奥さまとも君枝さまが嫁がれた当初からたいそう気に入られて、京都と滋賀の県境の山の中の家に移られてからは、心底頼りになさっていました」

日高さんは夫人に引き止められるまま話に加わっていた。

「君枝さまは食品や生活必需品のこまごました物にも気を使って届けさせておられました。春や秋の気候の良い時期に必ず山を登って、お二人に会いにも行かれました。その山道の険しかったこと。いつもお供したのでよく憶えております」

「太平洋戦争末期の学生だった頃には、志を同じくする人たちと熱心に反戦を唱えてらしたみたいなの。軍部の手によって仲間の何人かは淘汰されたと聞いている。敗戦後、手のひらを返すごとくに変わってしまった世の中に、どうしても協合できなかったのでしょうね、お二人とも。お労しくてね」夫人は遠くに行った時間を手繰り寄せるように遠い目を窓の外に向けてつぶやいた。

生成りの麻のカーテンを波打たせて南側の出窓から北側の出窓へ一吹き、湿った風が通り抜けたあと、遠くで雷鳴と程なくバラバラ大きな雨音。この夏、久しい通り雨は、ほんの僅かなあいだ乾いた大地をうるおして足早に行ってしまった。いきなりの雨にあわてて閉めて回ったリビングの窓やバルコニーへの出入り口をゆっくり元の網戸にしながら日高さんは「短い間のお湿りでも山々は生き生き、違って見えるものですね」と、雨の匂いの残る大地に向かって何度も深呼吸している。

青い山脈はどくどく血液が躍動するような力強い息吹を本庄に感じさせた。ふと、日高さんにも人生に於いて幾つかの計算違いがあったのかもしれないと、短く切り揃えた銀髪に目を遣りながら思った。銀の髪は西日を集めて艶々していた。

富美は十五の齢に邸に入って、嫁に来たばかりの君枝夫人付きの女子衆として働いた。東北の寒村の農業を生業とする子だくさんの家から奉公にだされた富美にとって、ソケットのつまみを捻りさえすれが明かりのつく電球や、飢えることのない豊富な食べもの、君枝夫人が見繕ってくれる洒落た衣類、やさしい言葉使いの人たち。何よりも、十人ほどの住み込みの使用人それぞれに宛がわれた、六畳の自分だけの部屋がうれしかった。

十年くらいしてから、夫人専用車を任されていた十歳ちかく年上の日高氏と夫婦になった。しかし、広島出身の夫とは二十年足らずで死別している。亡くなる二〜三ヵ月ほど前から原爆症らしい症状で苦しんでいたが、夫が被爆について話すことはなかったし、医者もはっきりとしたことを言わなかったので本当のところはわからない。恋愛や性愛には程遠い、似た者同士の結びつきから一緒になった夫を、二十年の歳月を共に暮らす内に心から慕うようになった。物静かな夫は、それまで知っている誰よりも誠実だった。富美にも、周りの人たちにも、物事への対処や草花や小動物にまでも。

日高氏と所帯を持つよりもまえ、邸に来て七、八年が経った頃、里の母親が真夏の水害で溺死した。膨大な雨は田畑や住まいに甚大な被害をもたらしたのだった。半年と置かずに父親が蒸発した。日常のほとんどすべてを母親頼みにしていた気のやさしい父親は気力を無くして自死したにちがいない。碧い湖の底で或いは深い樹海の中で、二人は互いを気づかいながら眠りについているような気がしてならなかった。そのあと、五人いた兄妹も行方知れずになった。田畑や家のあった土地は知らぬ間に他人の手に渡っていた。兄妹は皆成人していたから土地を売った金、幾ばくにもならなかっただろうが、それを持って何処か好きな所へそれぞれ流れていったのだろう。あれから誰からの音沙汰も無い。肉親のいなくなったことに、母親の亡くなった時にさえも、涙ひとつ流せなかった自分のような人間は地獄行きも自業自得だと考えている。夫の死には丸二晩泣き明かしても涙が涸れることはなかった。

「一哉さま、この際、お邸に住まわれるのはどうでしょう。君枝さまも心強いでしょうし。何だかずいぶん痩せてしまって、食事はきちんとなさっていますか」

日高さんも夫人同様、一哉を幼い時分から可愛がって何かと世話を焼いてきた。小料理屋の仕込みに忙しい母親の水江や、毎日のスケジュールにほとんど空きの無い君枝夫人や、齢を重ねた本庄夫妻に代わって、彼の小中高生時代の学校行事には欠かさず彼女が出席した。発熱した時に粥を食べさせて横についていたのも彼女だった。何かある度に嵯峨野邸から駆けつけて、数日滞在することも珍しくなかった。

「食べるものには気を配っていますので大丈夫です。ここからだと大阪市内への通勤には頗る不便ですので、住まいについての話は定年退職してからということでお願いします。仕事関係の資料も山と有って簡単に運べる代物でもないので」とんでもない。ヘビに睨まれたカエル状態になる。卒なく口をついた意志表示に本庄は満足だった。

「あらまぁ、そんなこと言って。真由子さんが戻ってくるのを待っているのでしょ。ばかねぇ、煮え切らないのだから。さっさと連れ戻しなさいよ。迷っている間に取り返しのつかない結果になるものよ。真由子さんは金沢の料理旅館、とめ屋を手伝っているそうだから迎えに行ってらっしゃい」

やはり夫人には手も足も出ない。勘も鈍っていないし弁舌も変わりなく鋭い。

しばらくして、夫人は改まった表情で再び口を開いた。

「瑞恵のことは打ち明けるつもりでいたけれど、その他は、お墓の中まで持って行く覚悟だった。でも困ったことになったの。ここ二～三ヵ月まえから一郎さんと二郎さん、つまり西脇雄一郎と多田啓次郎が恐喝されているようなの」

二人の名前を聞いて哀しみがツーンと本庄の咽元から鼻先へ抜けていった。

両親を亡くした年端のゆかない彼らを想ってやり切れない気持ちになった。

「どういう用件の恐喝ですか。いったい誰が」つとめて冷静に言葉を選んだ。怒りが噴き出しかねない。火事の直後、君枝夫人なら残された四人に何らかの手を差しのべることが可能だったはずだ。彼らのきびしい旅はあの朝からはじまったのだ。

「恐喝者も恐喝理由もまったくわからないの。二人に訊くわけにもいかないし。相手は兄弟であるの知って金銭を要求しているようだから、過去に一郎さんや二郎さん、もしくは四人が共通して係わった人間の、その後の足取りを調べてみても誰も浮かんでこない。ほとんどの人は亡くなっているから。サラリーマン金融の件は社会的にも終わっているし、金沢時代に一郎さんが勤めた染元の店主は新しい事業で財をなして、そのあとも二代目が引き継いで順調にいっている。彼も最近亡くなったらしいの。京都で接触した探偵風の男も、舞鶴の整形医も、こちらの手の内の人間だし、大阪のあい燐で三人分の戸籍を都合した、ケンさんと呼ばれていた男には前もって頼み込んでおいた。彼もすでに亡くなっている。西成を出てから四人は別々に大阪の市内や郊外、神戸や京都の住まいで、それぞれが職を持ってほとんど会うこともせずに生活していた。経歴や戸籍上のほころびには、用心に用心を重ねていたようだもの。どこからも何も出てこないのよ。一郎さんと二郎さんは三回ほどに分けて二千万近く出しているようだけれど、恐喝者の言いなりになって、いったい何を守ろうとしているのかしら」夫人はこめかみを押さえながら考え込んでいる。

落ち着きはらった彼女の理路整然とした言葉に本庄はこれまでにない怒りがこみ上げた。まるで一郎たちも自分も釈迦の掌の上をあたふたと走りまわる孫悟空の様ではないか。掌を拡げてその様子を上の方から見物しているのは君枝夫人だ。

「一哉さんの考えていることはわかっていますよ。でもね、人それぞれの生まれ持った宿命は他人がどうこう出来るものではないと思うの。都合よくお膳立てしたところで困難な出来事は次から次へやってくる。身を切る思いをしながらも自身が対処することで理不尽に定められた個々の宿命も、その人なりの良い運命へと好転するものじゃないかしら。私が四人に出来たことは、取るに足りない金銭面の援助と、新しいステップへの為の後腐れの無い人物との出会いの設定、それに、ごく簡単な後始末くらいのもの。一哉さんについても、あの人たちのことも、ほとんど見守っていられるだけ」夫人の声はしわがれて何時に無く自信なさげに聞こえた。

「一哉さま、奥様を悪く思うのはまちがっていますよ。どれだけ色々な事柄に気を揉まれていらしたか。心の病に罹ってしまわれないかと気が気ではありませんでしたよ。毎日フル回転で駆けずり回っておいででした。今でいう過労死寸前の状態だった時期に、何一つ替わって差し上げられない私自身の微力を心底情けなく思ったものでした。あなたさまや四人のご兄妹への心づくしを他の誰がなし得たというのでしょう。罰が当たりますよ」夫人を睨みつけるようにしていた本庄を日高さんは、やんわり諌めた。

　言われてみれば、夫人が責任を持つべきは自らが連れてきた圭一と真二が独立するまでの二人分の人生だけで十分なはずだ。彼らはすでに名の知られた政治家にまで上り詰めている。駄々をこねる子どもに似て、物事の不都合な結果の矛先を甘えられる人にのみ向けていた自身に気付いて、本庄は恥じ入った。

「僕に何か出来る事があるのですか」

「一度、一郎さんと二郎さんに会ってみてくれないかしら。真由子さんを話題にする中で何かわかるかもしれない。圭一と真二の出生についての事柄が絡んでいるようなら、私も一郎さんたちに会って、あなたに話したのと同じ複雑な経過を説明するつもりでいるの。彼らと共に対策を考えなければ太刀打ちできない相手でしょうから。もしそんなふうなら、相当、腹を括らねばならないでしょうね」

「表に出ていない血のつながりは金銭目当ての輩にとって格好の材料だとは思いますが、それなら君枝さんや兄さんたちをターゲットにするのではありませんか。より多くをせしめられる方に狙いを定めるものでしょう」本庄の言葉に日高さんも大きく肯いた。

「君枝さま、今しばらくは一哉さまからのご返事待ちということで、どうか考えを休めてくださいまし。ほんとうに心身が壊れてしまいます」

この一～二ヵ月は食事も御座なりに昼夜問わず考え込んでいたようである。

泊まっていくよう勧める夫人と日高さんを断って、邸の車で京都駅まで戻った時には午後の八時を回っていた。送ってくれた年配の運転手に丁重に礼を言って、本庄は大阪方面行き列車のプラットホームに下りてきたところだ。肩から後頭部にかけてジーンと痺れる痛みがあった。乗降客の多い駅特有の埃っぽい匂いが、よけいに彼を滅入らせた。長い一日だった。何年も嵯峨野邸で話し込んでいたような、めっきり老けこんだ気分がした。話が一段落したときに並んだ日高さんの目にも涼やかな季節の夕食に、夫人は箸をつけようともしなかった。八十八歳という年齢を考えると少しでも早い事件の解決が望まれる。君枝さんに命の無駄遣いをさせる訳にはいかない、すべり込んできた電車に足を踏み込みながら本庄は思った。

四、収束

　十月。早くも一週目が過ぎていった。ようやく周囲はぽつぽつ秋の色に染まり始めたが、道ゆく若者たちの幾分色あせた小麦色の肌には未だ開放的な夏の余韻があって、移ろう季節への強烈なオマージュを掲げている。

　二郎は金銭を要求する男女二人組が指定してきた淀川河川敷の某大学の水質試験所へ一人だけで車を走らせた。そこへ行くのは二回目だった。阪神高速の守口ランプを下りて、国道一号線を京都方面へ少し走った北河内とよばれる辺りへ向かっていた。水質試験所とは名ばかりの年に二、三回、職員と学生が出入りするだけの、畳二十畳分くらい広さの平屋の老朽化の進む木造の建物がぽつんと在る。いちおう施錠してあるようだが、このまえ二人組は枯れ枝一本で容易く扉を開いた。あの時は兄の一郎と来て二百万を手渡した。すでに大金をせしめられていた。彼らは二郎の勤める派遣会社へ、ほぼ一ヵ月毎にコンタクトしてきて、長子のかかわった数々のアカサギの所業をちらつかせた。

二人組というのは舞鶴の整形外科医のところへ三日置きに通ってきて雑用を引き受けていた、あの老夫婦だった。三十年余り経過した現在でも同じような風体の二人だ。当時、巧みな変装で大がかりな窃盗を働く数人のグループの一員であったらしき事を、一郎は探偵業のノウハウを駆使して付き止めていた。六十は優に超えていると思われる彼らは、金沢の次子にまで触手をのばしはじめたのだ。姉の長子と取り違えている節もあった。とめ屋への数回の無言電話のあと、近頃では本庄について匂わせるようになっていた。次子だけは守ってやりたい。それは長い年月の何時の時にも変わることの無かった一郎ら三人の祈りにも似た思いだ。両親の死後ずっと、兄と姉は自身の体温で暖めるように次子を慈しんで今日まで越し来た。

今日で最後になるはずだと二郎は思った。

申し分のない秋日和。透きとおった風はそよそよ川面をゆらして、真っ青な空をイワシ雲がゆうゆうと泳いでいる。遠く、親子連れの遊ぶ姿もあった。

車を停めて歩き出した前方、試験所の磨硝子の向こう側には二つの影が動いている。二郎は周りに人のいないことを確かめてから扉をノックした。開くなり、手にしたポリタンクに入った灯油をぶちまけて火をつけたライターを放り投げた。建物は瞬時にめらめら炎の塊になって九歳の夏と同じ真っ赤な海が二郎を取り囲んだ。燃えさかる波の向こう側には父と母と長子が、一郎と次子は手前側にいて、五人とものっぺりとした表情で焦点の合わない目を泳がせている。二郎の魂は向こう側へ両親の元へと引き寄せられて行った。河川敷には人の死を悼むように一陣の風がひとしきり吹き荒れて、ほどなく焼け焦げた破片が燻ぶるだけの静けさが戻っていた。人だかりができはじめた。

「ネェネェ、ドウシマショ。オホシサマミタイピカピカ、オソラヘイキマスヨ。ミテ」

若い母親の両腕から目一杯伸び上がった言葉を覚えたばかりの幼子は、右手の小さな人差し指でぐいぐい大空を突きさしながら目をぱちくりさせている。

「ホラ、キレイデショ。ピカピカデショ」

母親の眼には何も映らない。子どもを抱え直してもう一度、ウロコ模様の空を見た。

十二月がやってきた。今季の冬は暖かくなるらしい、長期予報が出ている。二郎ら三人の河川敷での死を以て、警察も行政も君枝夫人や一郎や本庄へは辿り着けなかったようだ。二日間ほど新聞やテレビ等のニュースに取り上げられたが、やがて立ち消えてしまった。それぞれに修復不可能に違いない傷を残して事態は一応、終息した。

本庄一哉と山中一郎は金剛山の山頂に腰をおろしていた。標高一一二五m。ブナの原生林におおわれた大阪府と奈良県をまたぐ金剛山地の最高峰である。気軽に行ける場所にありながら、この山の冬は圧巻だ。マイナス五℃以下になると山頂付近の木々の枝には、ときには幹のすべてにまで、緻密なガラス細工の氷層をなした樹氷が巻きついて昇り来る太陽に七色に輝く。その二～三時間の光の共演を鑑賞しようと、晴れた日の冬の金剛山には早朝の登山客が多い。

ここ一年余り本庄は以前のように一郎と連れだって魚釣りに行くことはなくなった。真由子やエリ子がいなくなって釣り上げた魚をさばく手がないからだ。嵯峨野邸に持ちこんで日高さんに頼むことも考えたが、やはりためらわれた。

魚釣りは潔く諦めることにして、それならと、大阪周辺のピクニック気分でも恰好のつく山へ一郎を誘った。家族向けルートの平坦なコースを選んで六甲山をはじめ、生駒山、高野山、比叡山、愛宕山、葛城山、またそれら山地に連なる小さい山の頂へも二人は足を運んだ。山のてっぺんは近視眼的なデスクワークを続けるちぢこまった視野に大いなる広がりをもたらしてくれる。彼らはいつも言葉少なに山の空気を満喫した。

「いい気持ちだ。生き返るようだ」

「ああ、確かに。日常のごたごたしたことが、どうでもよくなるよ……」

やはり今日も男二人の会話は、おいそれとは続かない。山間を縫った寒風が二人の頬を何度もなぶって駆け下りて行った。

「実は興信所をたたむつもりでいる。この秋に掛け替えのない人間を死なせてから、身体もだが、気力の方がついていかなくなった。そろそろ引きぎわだと思う」

「廃業してからあとはどうする。還暦まえだよ。老けこむには早すぎるだろう」

「まあ、ゆっくり考えるとするよ。めまぐるしい人生だった。若い時分に金銭問題で下手を打ってから色んなことがあった。いや、十五の齢に両親が逝ってからはずっと」

一郎は自分たち四人の兄妹について洗いざらい本庄に話すつもりでいる。本庄は君枝夫人から知らされた諸々について決して口外しないつもりだった。

二人とも次子を連れ戻そうと考えていた。

目の前の水色の空を灰色の雲がおおい始めた。雪が落ちてきそうな気配だ。

（了）